回眸

林阔 · 著

心语

中国书籍出版社
China Book Press

图书在版编目（CIP）数据

回眸心语 / 林阔著 . -- 北京：中国书籍出版社，
2023.10

ISBN 978-7-5068-9646-7

Ⅰ . ①回… Ⅱ . ①林… Ⅲ . ①诗词—作品集—中国—
当代 Ⅳ . ①I227

中国国家版本馆 CIP 数据核字 (2023) 第 216444 号

回眸心语

林　阔　著

责任编辑	王　淼	
责任印制	孙马飞　马　芝	
装帧设计	四川悟阅文化传播有限公司	
出版发行	中国书籍出版社	
地　　址	北京市丰台区三路居路 97 号（邮编：100073）	
电　　话	（010）52257143（总编室）（010）52257140（发行部）	
电子邮箱	eo@chinabp.com.cn	
经　　销	全国新华书店	
印　　刷	三河市华东印刷有限公司	
开　　本	710 毫米 ×1000 毫米　1/16	
字　　数	228 千字	
印　　张	14	
版　　次	2024 年 3 月第 1 版	
印　　次	2024 年 3 月第 1 次印刷	
书　　号	ISBN 978-7-5068-9646-7	
定　　价	68.00 元	

献给

　　20世纪70年代曾驻守青藏高原——三江源的黑龙江、吉林、辽宁、江苏、山东、河北、河南、湖北、湖南、四川、宁夏、青海、甘肃、陕西籍首长和战友们！

　　感谢当年玉树、果洛数万骑兵退伍老战友的支持！

　　感谢各级退伍军人事务部的鼓励！

　　致

"八一"节日敬礼！

退伍老兵：林阔

二〇二二年八月一日

作品简介

《回眸心语》作品共分六章。

第一章，入伍从军。以自己和战友们第一次乘坐带帆布篷的解放牌大卡车，踏上"天路"来到三江源，以军营生活为主线，在冰天雪地、子夜拂晓、月光下练兵，在近似实战的演习和野营拉练中，检验高原铁骑在风霜雪雨、冰川冻土中"吃住走打"的本领，在军旗下自觉锤打、铸造"一不怕苦，二不怕死"、敢打必胜的军魂为着眼点，弘扬军人、军威、军魂。赞美骑兵训练时的英姿风采、站岗放哨时的壮志豪情。也有赞美玉树、果洛春夏秋冬自然风光、草原帐篷、牧民牛羊、军民鱼水情，也有歌赞党中央、中央军委关心厚爱雪域高原骑兵的诗歌，还有我们思念故乡、惦念父母的作品。

第二章，难忘军营。以退伍后战友在书信、电话微信、八一建军节聚会，平时互相走动念念不忘，甚至在梦中呼唤着：沱沱河、楚玛尔河、通天河、黄河源、扎曲河、澜沧江这些江河名称，念想询问着昔日营地、通天河大桥、玉树、杂多、治多、襄谦、曲玛莱、称多、巴塘、扎西科、玛多、玛沁、达日这些地方的发展变化。联想我们昔日的军营、哨所，再现训练场、马厩以及人马合一的飒爽英姿。帮助牧民围栏冬天牧场、春天抗雪保畜……玉树、军营永远在我心中。2012年，年过六旬的战友组织去了玉树，在玉树、通天河大桥、襄谦县城观光探访。2015年八一建军节又有战友去了称多、治多、兵站故地重游，寻找昔日营房、哨所……2019年八一建军节，二十多位70岁的战友带领夫人组团去西宁市集体欢庆八一建军节，游玩青海湖，参观互助油菜花。我们一行驱车到了海南河卡山，远眺天边飘着白云，遥望玉树和玛沁方向！本章以念想探看为主题，书写军营永远在我心中的难忘记忆。

第三章，故乡亲情。记述我从哪里来以及父母在1960年至1962年的连续三年自然灾害面前，是怎样克服生活困难养育我成长，供我上学，寒暑假兄弟三人参加农业生产劳动、伐薪以及秋收后的喜悦和常回故乡的感言等内容。

第四章，工作经历。退伍后在地方工作，将自己在工作中接触和看到的武都、文县、陇南地区群众战天斗地、改造山河、兴修梯田、植树造林、新修乡村公路、实行科学种田，依据当地光热水土资源，因地制宜大力发展油橄榄、花椒、茶叶、中药材、食用菌种植等农业特色产业的举动和自己的切身体会为线索，以2008年5月12日汶川地震后陇南市灾后重建为主题，颂扬陇南市在不同时期取得的成果和成就；也热情歌颂了党中央、国务院对陇南灾区人民十分关心关爱，时任总书记胡锦涛、总理温家宝亲赴陇南市重灾区武都区姜家山、康县王坝乡李家庄暨武都区抗震救灾帐篷、陇南市医院视察灾情，指导抗震救灾和灾后重建，出台了广东省深圳市对口援建陇南市"对口援建"政策及配套重建政策。笔者记录了这莫大的关心和鼓舞给了陇南人民前所未有的力量和机遇，经三年的重建使陇南的乡村、城市、基础设施、服务设施发生了翻天覆地的变化，讴歌了社会主义制度好。

第五章，退休生活。以失妻的我和丧夫的她重组家庭，相继求医看病、相互关心照顾、病榻互陪，吾术后痊愈散步、自安自乐，与老朋友、好同事互赠诗作，节庆盛典或遇天灾人患为舒发情感，用词和诗的方式，表达思想，也有表现农业特色产业做大做强、折射泥土气息的记录。

第六章，心中爱孙。内容以孙女雨阳活泼可爱、聪明好学、户外活动游玩和节庆为余生的吾送来欢乐惊喜为主。

夕阳无限好，只是近黄昏。我选择古来稀之年将昔日记在日记，混杂在公文、讲稿中，尘封在纸箱，放置在书柜以及历年见诸报纸刊物、媒体网络的诗词稿件重新整理。拖着三高的病体，施行过三次手术的眼睛，在料理家务、照顾病妻之余，对诗稿进行誊写，编排核对集册，实属不易。但目的只有一个，就是记事，记人生道路的轨迹和印痕。将昔日骑兵凛凛威风、穿云破雾的训练风采，军事术语、口令、马鞍装具名称记录下来避免其流失在岁月长河里。这是我们这一代人的历史，值得我和战友们永远怀念！惦念！感悟人生，游览河山，赏四季风光，看五谷丰登……文中记录的国事、家事、天下事，人物浮现在眼前会产生无尽的幸福回忆。

　　因本人才疏学浅，水平有限，诗词集尚有诸多疏漏，恳请阅览者不吝赐教。

　　敬礼！

退伍老兵：林阔

二〇二二年八月

目　录

第一章　入伍从军

第二章　难忘军营

第三章　故乡亲情

第四章　工作经历

第五章　退休生活

第六章　心中爱孙

第一章

入伍从军

望黄河东流
——夜宿黄河源兵站①晨望大河东流

黄河悄悄卧兵站，闪闪亮亮伸向前；
日照大河奔腾起，生生不息送水源。
自从盘古开天地，养育儿女数亿年；
举目源头望东海，山河灿灿天蓝蓝。

一九七二年十二月二十四日

注释：①黄河源兵站，即设在黄河源头，玛多县的兵站。

沁园春·初行天路①

北风呼啸，大雪飞飘，难见晴天。
天路在何处？天晴雪过；雪原静悄，山似白帆。
公路结冰，路面雪盖，向巴颜喀喇蜿蜒。
军车滑，战友铲冰雪，挑战严寒。

集体推车上山，战友缺氧，头晕目眩。
互让登车上，席坐吸氧；腋暖手脚，亲密无间。
共抗风寒，科学吸气②，天路高歌战两难③。
终摧垮到玉树，已众星拱月，一路平安。

一九七二年十二月二十四日

注释：①天路，即从西宁出发，途经共和县温泉兵站、黄河源兵站、巴颜喀喇山、清水河兵站，玉树到杂多、昂谦、曲玛莱的公路，全长1000多公里，公路海拔高程在3800米至5200米。

②吸气：指袋装氧气。

③两难：严寒，缺氧。

沁园春·天路

天路逶迤，渺渺飘飘，串绕雪山。
望崇山峻岭，千秋纪雪；巍峨横亘，耀眼光闪。
骤变风云，风疾雪倒，暴雪团团路垒绵。
车轮滑，看手推肩顶，抢险战寒。

心慌气短流涎，战友们，携手同心干。
嗨！推车山口[①]，攀爬席坐；伸腰展腿，挫败"两难"[②]。
手脚互暖，氧气共吸，六日穿行跨三源[③]。
正韶华，跨天河越岭，雪域独览。

一九七二年十二月二十四日

注释：①山口，即巴颜喀喇山山口，山口海拔5000米，将会看到天路缓缓向下。乘坐的是解放牌带篷布的大卡车，靠大厢板两侧各一行，背靠大厢板；厢板中间背靠背共两行，车上四行共20多名新兵坐在自己的背包上，沿隆冬的雪域天路行进了6天才到达连队。

②挫败两难，即战胜了高原缺氧，又战胜了零下30摄氏度左右的严寒。

③跨三源：黄河源、长江源、澜沧江源。

清平乐·在巴颜喀喇山口望黄河

寒风冽冽，看枝头落叶。
飞转车轮舞飞雪，脚手冰麻似铁。

车行三日山前[①]，望巴颜喀喇山。
刺破青天万仞，银河镶嵌山间[②]。

一九七二年十二月二十四日

注释：①山前，即巴颜喀喇山山口前。

②银河镶嵌山间，黄河封冻，像镶嵌在山间的银色玉带。

沁园春·行走天路①

旭日东升，万丈霞光，雪岭镀金。
望西方天路，甩山越岭；圣洁缥缈，宛转前伸。
寻觅"三江"②，直通雪域，张臂携君找天根。
风暴起，看暴风肆掠，天泻白银。

风吹雪撒寒侵，接天上芙蓉在掌心。
瞅雪花化水，顿然透亮；手中滚动，酷似玉珍。
不染纤尘，朔风割脸，天路冰封又降温。
军车止，战友刨冰雪，开路歌吟。

一九七二年十二月二十五日

注释：①天路：20世纪70年代初期穿越巴颜喀喇山、可可西里山和三江源地区的"214"国道。

②三江，即黄河、长江、澜沧江三江源地区。

沁园春·青藏高原

早起西行，午经果洛，石峡藏乡①。
正午天朗朗，惊闻犬吠；又听鸡叫，抬眼鹰翔。
大地洁白，羚羊跳跃，骏马欢快向太阳。
极目眺，雪原红装裹，透射银光。

车行千里西方，野马黄羊聚伙成帮。
望雪域腹地，村庄罕见；农耕休止，冰雪封疆。
雪峰臂张，可可西里，肃穆虔诚气轩昂。
红光照，看江天寥廓，动物天堂。

一九七二年十二月二十五日

注释：①石峡藏乡，即果洛藏族自治州玛多县石峡乡。

新兵晚点名①
——参加军事训练第一天军营晚点名

弯弯月亮照军营，战友立正晚点名；
连长讲评鼓士气，置身雪域写豪情。
熄灯号响即命笔，立志军营献毕生；
暑往寒来学军事，谁敢挑战吾请缨。

一九七二年十二月二十九日

注释：①晚点名，即熄灯就寝前的点名，时间在晚9:30到10:00，点名是讲评。

军营教场训练

黎明时刻军号亮，晨起集合军歌扬。
全副武装列纵队，人人笔挺筑铜墙。
操枪刺杀杀声喊，双臂爆发紧握枪。
凛凛威风闪雪刃，神防突刺气轩昂。

一九七三年一月二十日

青海玉树骑兵风采（三首）

一

右手举刀亮雪刃，调姿持缰马飞奔；
人马和一听号令，乘马追击挑星辰。
趁势收刀快击发，弹无虚发中敌人；
双手持缰枪大背，雪雨风霜铸军魂。

二

天河云岭吾独往，背负繁星踏雪浪；
战马陪练度寒暑，酸甜苦辣自品尝；
年复一年练本领，保家卫国戍边防；
号令即出奔火线，何惧敌人更猖狂。

三

晴空朗月满繁星，雪地练兵为和平；
滚打摸爬学战术，一招一式武艺精；
制敌本领握在手，谁敢挑衅勇交锋；
威武正义破敌胆，出奇制胜寇丧生。

一九七三年四月八日

雪域豪情（三首）

一

三江源头洗戎装，可可西里磨刀枪；
日月星辰擦肩过，高原雪域吾站岗。
霞光初照牵战马，教场射击旗语扬；
春去秋来练本领，英雄虎胆灭豺狼。

二

青藏高原望无垠，天河淬火锻纯金；
雪原驰骋练枪法，铸造军魂写忠诚。

三

云际天河浸激情，三江源上轻骑兵；
巡逻站岗正子夜，明月满怀手捧星。

一九七三年四月八日

玉树骑兵子夜马术考核（三首）

一

雪映三红①分外明，通天河②畔天马行；
铁骑列队军歌亮，出鞘钢刀闪寒锋。
手起刀落飞敌首③，藏身马肚④听枪声；
疾风贯背⑤星眨眼，防御进攻无隙乘。

二

冲过弹雨与枪林，翻身跃马⑥又冲锋；
跨越壕沟飞障碍⑦，举枪瞄准闪红灯⑧。
马上骑乘理三件⑨，纵身离鞍牵缰绳；
人马和一全稍息⑩，万马齐喑听讲评。

三

英武骁健数骑兵，穿云破雾天马行；
钢刀猎猎左右劈，乘势射击枪声鸣。
超越障碍掀雪浪，脱镫抱肘⑪吾威风；
藏身马肚展骑术，子夜考核赢掌声。

一九七三年四月十二日

注释： ①三红：中国人民解放军1965式军服上帽徽红五星、衣领上两面红色领章被称为"三红"。款式来源于中国工农红军井冈山时期军服制式。

②通天河，是由沱沱河、楚玛尔河汇合后的名称，是长江源头干流河段。

③飞敌首，训练时假设的真人大小的草人。

④藏身马肚，即马肚藏身，骑兵乘马飞奔训练时的高难动作。即从马上骑乘转换成马肚藏身，背向地面，仰面向天，枪大背，刀入鞘，匕首装套，避敌枪弹、刀砍，是保存自己，消灭敌人的战术。

⑤疾风贯背，马肚藏身看到的是满天星斗，衣背离地面很近，经常被朔风灌进。

⑥翻身跃马，由马肚藏身转换成骑乘马鞍。

⑦壕沟，马术训练设置的槽型障阻。

⑧闪红灯，报靶显示装置。在骑乘冲锋间隙将马肚藏身时的大背枪转换成持枪在胸前，在跨越壕沟，矮墙障碍科目后，立即完成乘马射击，命中目标后，红灯自动闪烁报靶。

⑨理三件，即乘马整理军容风纪，理好马枪、军刀、匕首三件武器。

⑩稍息，指骑兵集合时人马从立正姿势调整成稍息姿势，目的是听部队首长或军事主管讲话、讲评、点评。

⑪脱镫抱肘，即骑乘时脚尖不能踩马镫，双手抱在胸前，不能持缰绳，靠两小腿内力驾驭军马奔跑。

到三江源拉练（二首）

一

呼啸北风雪裹山，三江源①上冰满川；
红星照耀拉练路，俯视雪峰插云端。

二

雪域滚打武艺精，天河骑射吾练兵；
丹心苦乐用心写，子夜晨曦守安宁。

一九七三年四月二十三日

注释：①三江源，长江、黄河、澜沧江三江的源头，均在玉树藏族自治州发源。

楚玛尔河畔①看日出

接天玉盘托太阳，万丈光芒出东方；
红日喷薄透云海，长空薄雾任飘祥。

冰川雪岭金边镀，光照高原演兵场；
楚玛尔河有缘守，风光无限吾珍藏。

一九七三年四月二十六日

注释：①楚玛尔河，通天河的北源，发源于玉树州曲玛莱县。

沁园春·持枪正步队列训练

目光炯炯，脚步唰唰，手持钢枪。
看人民战士，皮带束腰；领章鲜艳，五星闪光。
方块队形，脚踏大地，朝气蓬勃英姿爽。
正步走！似排山倒海，威武昂扬。

步伐威震四方，呼喊番号神协气昌。
观向后转走！雷鸣电闪；阵容惊目，马靴铿锵。
利刃锋芒，阔步昂首，立地顶天气轩昂。
雄狮吼！豪迈展风采，铸造铜墙。

一九七三年五月

三江源练兵（九首）

一

战友与吾在训练，三江源上周天寒；
追击乘马①奔山下，暴雪突降盖莽原。
大雪纷飞落鞍辔②，缰绳③冰冻马难牵；
嚼子④肚带冰锥挂，积雪没膝人下鞍。

二

午后骑乘莫云滩⑤，无垠白雪地连天；
冰川冰河积雪盖，突见野马追同伴。
军号传令全下马，按班埋锅做午餐；
宰羊剔肉化雪水，水煮手抓最简单。

三

白雪洗肉不稀罕，高原野炊最方便；
釜中白雪化成水，旷野煮肉味不膻。
牛粪灶火红又亮，掀浪沸水沫溢边；
适时翻搅放佐料，汤滚釜中肉味鲜。

四

哨兵闻香口流涎，远望近观难解馋；
战马悠游吃草料，蒿丛獐⑥卧享逸安。
人马饱餐添力量，雪地冰天抵严寒；
牵马备鞍上马上⑦，太阳落日又翻山。

五

月初金钩漏天边，眨眼繁星撒满天；
部队骑乘到营地，解鞍下马扎营盘。
精心选址设三哨⑧，数顶帐篷撑雪滩；
扫雪生火铺褥被，百乘战马集中拴。

六

晚餐羊肉烩削面，战友忙碌哪等闲。
铲雪斜坡修炉灶，皮囊⑨吸风把火煽。
雪化清水洗白菜，和面揉团削面片。
削面纷纷跳沸水，银鱼翻滚锅圈栏。

七

牛粪炉火赛煤炭，饭香汤溅惹人馋。

出锅盛碗色味好，围站灶房端饭碗。

酱醋葱椒自调味，津津乐道胜大餐。

甘甜苦乐无冤悔，铸造军魂苦中甜。

八

朔风寒雪吹夜晚，铸造军魂非一天。

吹哨通知开班会，全连子夜把名点。

讲评唱歌提豪气，号响熄灯快睡眠。

头枕马鞍卧地铺，荷枪实弹熟睡酣。

九

战马周边篝火烜，驱寒散雾马平安。

抖鬃甩尾蹄趵雪，草料嚼食更悠然。

拂晓时分换岗哨，此时高原最冷寒。

军马嘶鸣号音脆，天亮营归把马牵。

一九七三年十二月十日

注释： ①追击乘马，即乘马追击。

②鞍辔：马鞍装具。含马鞍、马镫、笼头、马肚带。

③缰绳：牵马的绳。

④嚼子：民间叫马岔子、嚼口。

⑤莫云滩：澜沧江源头的莫云滩。此处设有青海玉树藏族自治州杂多县莫云乡，海拔5000多米。

⑥獐：食草动物，玉树三江源保护动物，即香獐。

⑦上马上：骑兵骑乘时上马口令，预令雄壮粗长，动令急促果短。

⑧哨位：部队野外宿营所设的哨位。

⑨皮囊：野炊生火助火燃具，用羊、牛皮或牛肚子制作，一端吸风，一端排风。镶有金属管件，管件与火苗接触，吸风时人用双手开合吸风、送风。

从萨呼腾镇①到莫云滩野营拉练练兵
（二首）

一

三九杂多气候寒，澜沧江源冰漫川。
红星照耀拉练路，何惧西恰日升山②。

二

威风凛凛吾骑兵，破雾穿云天际行；
策马扬刀敌首落，射击飞马掌声鸣。
跨壕越障功夫硬，脱镫藏身骑术精；
卫国保家肩重任，青春无悔雪原情。

一九七四年元月六日

注释：①萨呼腾镇，是玉树藏族自治州杂多县驻地。

②西恰日升山，在杂多与治多县交界以西，唐古拉山镇以南，海拔5000多米。

雪域军营生活吟（十五首）

一

秋风落雪到谷雨，天路结冰难运输；
人马食药①靠空降，想吃蔬果难满足。

二

部队吃肉有牧场，磨刀霍霍向牛羊；
冰川雪岭难种菜，奢盼果蔬唾涎淌。

三

牧场自产牛羊肉，食肉餐餐何时头。
菜谱有时微调整，炒蒸鸡蛋蘸酱油。

四

雪崩冰裂河水开，军队电波喜讯来。
青海八团运蔬果，物资满满压轮胎。

五

运输军车排长龙，破冰碾雪斗天公；
五天车路三天赶，驾技高超天路通。

六

车驶军营喇叭鸣，士兵列队跑步行；
上车解扣叠篷布，卸果扛筐笑盈盈。

七

战友和吾忙不停，军营岗哨电灯明；
果蔬搬运送地窖，难忘军民鱼水情。

八

烟台苹果新疆梨，江浙蜜橘湖北栗；
齐俱干鲜皆臻品，丰富营养宜身体。

九

蜀地双椒带红薯，乐都白菜配洋芋；
花椒辣椒最搁肉，佐料入锅煲炒煮。

十

梨橘苹果装木箱，铁路公路运距长；
隐见红黄果品鲜，肩扛杠抬去储藏。

十一

两季餐桌未见菜，补剂营养食无味；
乐都白菜运距短，叶嫩形圆翠又白。

十二

手捧白菜心痒痒，久违数月先品尝；
生吃猛啃把馋解，青翠甜香满口腔。

十三

辛卯四月月儿圆，三车蔬果已卸完；
月光照吾吃白菜，唇齿留香五星闪。

十四

果蔬储备刚停当，连长吹哨哨音长；
下令全连暂停卸，休息子夜搬军粮。

十五

小站大米富强粉，鲁南菜油花生仁；
供应食品很独特，天地②养育精气神。

一九七四年三月十三日

注释：①食药：指军队给养的人马主食和人马医用药品。
②天地：指人民，因受平仄所限。

雪域高原吃橘子

橘子裹冰硬如铁，手掰不开刀难切。
颗颗个大红又亮，盘算开吃难停歇。
谁有妙招退冰壳，蜜橘水泡冰水滴。
原由寒气彻皮外，橘子剥皮瓤分别。

一九七四年元月十八日

阮郎归·夜练兵

雪花飞舞天奇寒，惊蛰月下弦。
虽春天冷裹皮棉，迎风练投弹。

风雪止，雪绵绵；射击又开练。
右手持枪匍匐前，高原响誓言。

一九七四年三月

玉树季春（二首）

一

牧草探出头，天河破冰流；
牛羊厩棚圈，牲畜夏无忧。

二

谷雨突降温，雪花携冷风；
扶犁种马草，日月沐草茵。

一九七四年五月一日

豪气长存吾站岗（二首）

一

通天河水洗戎装，可可西里舞刀枪；
世界屋脊吾站岗，星辰光照演兵场。

二

脚踩三江源，朝霞耀脸庞；
钢枪双手握，守土志如磐。

一九七四年五月四日

耕种军马饲草——青稞

一

立夏种青稞，卸寒把柄犁。
泥霜裹裤脚，新绿绣山河。

二

小暑青稞壮，立秋绿泱泱。
叶黄恰白露，仓穗皆秕糠。

三

秋风收割忙，役畜驮囤场。
打捆再重垒，草山排两行。

四

夏种秋收草，种收雨雪飘。

汗流湿衣背，天地沐兵骄。

一九七四年五月二十二日

清平乐·夜间练习投掷手榴弹

繁星眨眼，夜空更灿烂。
战友集合去投弹，番号响彻不断。

投掷转体生风，红旗显示优胜。
示范点评呐喊，星稠列队三更。

一九七四年六月三日

玉树风光

玉树雪山接西藏，通天河水达川康。
风光无限在仲夏，草海千帆①涌四方。
牛壮羊肥马儿跑，风催花艳奶飘香。
羚羊跳跃鹿鸣叫，牧民歌舞雄鹰翔。

一九七四年元月二十八日

注释：①草海千帆：青藏高原的冰雪在春夏季消融后，在海拔5000米以上的雪峰顶端还白雪覆盖，在不同的角度观察与广袤草原绿海构成了草海千帆的美景。

莫云七月风光

绿草如茵地连天，车行百里难望穿。
牧民骑马甩鞭响，奔跑羊群白浪翻。
蝶舞花开湖水静，炊烟袅袅天地间。
经幡飘动求康泰，绿草蓝天绣家园。

一九七四年七月

杂多初夏

杂曲河水蓝，发源莫云滩。
极目天地阔，草原难望边。
牛羊肥又壮，碧海珍珠翻。
犬吠马儿跑，帐篷飘炊烟。

为青海玉树杂多中队藏族战友
尕玛巴多一家而作

杂多仲夏牧民忙，拾拣牛粪垒薪墙。
姐妹欢快挤牛奶，推磨兄弟储秋粮。
撕毛老媪捻毛线，阿爸工匠织帐房。
灶火亮红羊肉煮，阿妈端肉扑鼻香。

一九七四年七月

军民鱼水情

牧草青青连雪线，杂曲河水绿又蓝。
格桑红花绣绿草，战友浣衣去江边。
七月高原阳光强，洗衣脱水抖军衫。
阿妈双手捧酸奶，金珠玛米①尝香甜。

一九七四年九月十日

注释：①金珠玛米：藏语解放军。

八一洗戎装

八一请假出营房，舀水瓷盆洗衣裳。
肥皂擦衣浸尘垢，揉搓浣洗频频忙。
不时捣涤换清水，脱水抖衣军歌扬。
衣服排行日光晒，穿针引线缀领章。

一九七四年八月一日

八月格桑开草原·约武都籍18位战友去杂曲河边洗衣服触景随笔

战友相约去江边，太阳照耀天蔚蓝。
碧波草海牛羊壮，猎狗牛犊自跳欢。
吾洗军装铺绿草，揉搓拧水待晒干。
家书拆念心敞亮，八月格桑①草原开。

一九七四年八月一日

注释：①格桑：格桑花是草原上夏季盛开的一种红花。

青海玉树杂多之秋（二首）

一

玉树杂多天蓝蓝，白云朵朵飘山巅。

牧民放牧骑骏马，悠悠哉哉甩响鞭。

家犬雪豹随其后，奔奔跑跑难偷闲。

青青水草牛羊壮，灿灿格桑染草原。

二

节气中秋牧草黄，帐篷内外歌声扬。

幺妹妯娌挤牛奶，特炙手抓装满筐。

阿爸大儿摞草垛，阿妈熬煮奶茶香。

亲朋丁壮刈牧草，辕马拉车到厩房。

一九七四年九月

杂多五月

五月杂多暖风吹，冰消雪化润草青。

白花飘停天放晴，夏末秋初草原美。

草海无垠触云朵，水天一色万物兴。

牛羊欢跑觅饲草，万马奔驰练体能。

一九七五年五月

为驻青海玉树骑兵二支队1975年 冬季野营拉练月余（五首）

一

野营拉练今出行，往返三千月余回。
七大战术全操练，早中晚餐自野炊。
吃住走打练本领，嘹亮号声壮军威。
缺氧严寒何所惧，戌时宿营卸头盔。

二

可可西里人迹罕，三江饮马过三山。
雪源深处练骑术，踏雪破冰白浪翻。
出鞘钢刀亮雪刃，策鞭催马豪气添。
排山倒海无可比，足迹嵌印三江源。

三

无敌神勇数骑兵，破雾穿云天马行。
策马扬刀砍敌首，钢刀雪亮马嘶鸣。
调姿越障跃空起，乘势射击闪红灯。
理顺三件急转体，藏身马肚骑术精。

四

高寒缺氧人下鞍，人马翻山吐白烟。
风卷军旗过隘口，鹅毛大雪盖高原。
山川寂静马蹄脆，路隘雪滑把马牵。
寒雪朔风更急骤，踏冰踩雪莫云滩①。

五

白雪皑皑去演武，晨牵战马迎日出。
哨声指令拴战马，徒手格斗②演胜图。

对打攻防破敌手，龙腾虎跃不分输。

汗珠粒粒撒白雪，滚打摸爬练功夫。

一九七五年十二月二日

注释：①莫云滩：地处玉树藏族自治州杂多县的莫云乡以西，是澜沧江的发源地。

②徒手格斗，在擒拿格斗拳中指不拿任何器械，空手格斗。

沁园春·冬季持枪队列训练

向右看齐，立正稍息，目视前方。

看演兵场上，皑皑白雪；高原战士，双手持枪。

顶雪迎风，三红闪光，雪域天河淬金钢。

正步走！望排山倒海，壁垒铜墙。

步伐矫健铿锵，看气势雷霆不可当。

瞭向后转走！雄风席卷；雪原震撼，斗志昂扬。

英姿飒爽，目光炯炯，精气神凝聚最强。

番号吼，行进更豪迈，浩浩荡荡。

一九七五年十二月六日

赞驻守在黄河源兵站的诸战友

马踏冰雪溅头额，策鞭举刀跨黄河。

星辰照射刀枪亮，乘马追击练操戈。

所向披靡真英武，哪容雪岭任嵯峨。

穿云天马踏雪过，缺氧高寒唱军歌。

赞为黄河源兵站站岗放哨的诸位战友

黄河源头站岗哨，寒露夜晚加皮袍。
出入军车我敬礼，北风呼啸飞雪飘。
荷枪实弹守兵站，火眼金睛察秋毫。
军库与吾做伙伴，源头站岗满自豪。

一九七五年十二月

心驰神往回故乡

红花绿草载牛羊，云朵长空任飞翔。
瞩目澜沧江①水去，离家三载望东方。
心驰神往奔上峭，爸爸妈妈摸戎装。
姐弟舅姑问冷暖，爷爷叮嘱守三江。

一九七六年七月

注释：①澜沧江，发源地杂多县莫云乡，上游叫杂曲河。

将军爱兵治军（二首）

一

将军治军严，政治挂帅先。
连队经常下，三八作风传。
学习亲授课，效果看专栏。
食谱查菜窖，走访炊事班。

二

骑乘演射击，下马教备鞍。
教学传军事，苦中享甘甜。
爱兵如父子，大爱军魂牵。
铁军铸虎胆，江源不怕寒。

一九七六年十月

为战而练

1976年9月5日，组织批准四名战友和我一行5人回家探亲。我们经转乘5天汽车车程于9月10日回到老家，刚进家门就接到部队发来的甲级电报："务必于10月13日返回部队。"我们按照时限，动身赶往西宁，17日赶到部队，随后进入了紧张作战训练和战前政治思想工作。决心书、请战书贴满了学习园地，飞到了首长案头，我记述的是当时情景。

厉兵秣马我练兵，踏雪腾云图太平。
驻守屋脊观天下，金睛火眼看得清。
枕戈待旦听号令，面向军旗写忠诚。
请战血书飞雪片，舞刀披甲抢出征。
马革裹尸更荣耀，凯旋幸存守安宁。

一九七六年十月

赞世界屋脊哨兵

哨所茫茫周天寒，雪山座座似白帆。
眉间庭宇透豪气，雪域站哨为国安。
火眼金睛观天下，持枪立正看人间。

一年四季送星月，世界屋脊写诗篇。

一九七七年三月

雪域高原哨兵望日出

无垠玉盘①托太阳，朝气蓬勃升东方。
光照雪霜化雾气，云裳霓锦飘无常。
乾坤红日行宇宙，光焰无极暖万邦。
云水端头吾站哨，风光壮美胸中装。

一九七七年十二月

　　注释：①无垠玉盘，指目极白雪覆盖的三江源地区像一个偌大的玉盘，早晨太阳好似在玉盘最东边沿升起。

为驻守在玉树最后一批战友歌吟

俯视太阳升东方，金光灿灿暖戎装；
蓝天云朵无尘垢，碧海长空战鹰翔。
红日溪流浸草地，远山近水现牛羊；
有缘驻守逾八载，雪域风光放眼量。

一九七八年七月二十日

难忘军营

第二章

菩萨蛮·忆初到军营

军旗岗哨蛮新鲜，老兵持枪正步走。
步履响铿锵，刺刀闪寒光。

三红金灿灿，豪气壮虎胆。
英武好威风，锤炼神韵生。

忆玉树骑兵（二首）

    在"八一"建军节来临之际思绪万千，心潮翻滚。二十八年前，在三九时节严寒的训练场上，骑兵威武雄壮的豪情风采，不时浮现在眼前，使人魂牵梦绕，故小诗《忆玉树骑兵》二首，以怀念。

一

半月晓星挂天边，声声军号撼雪山；
军营严肃且活跃，战士集合把马牵。
列队整齐听号令，追击乘马汗湿衫；
铁骑飙跃翻雪浪，气壮山河溪水潺。

二

万马奔腾三江源，钢刀出鞘刺苍天；
持缰刀舞练斩劈，雪地冰天汗不干。
雪岭冰川踩脚下，激情似火融雪山；
三九严寒春潮涌，玉树雪山化白帆。

二〇〇六年三月二日

小院观枇杷穗花思念战友

枇杷花穗香小院，绿叶嫩枝果抱团。
自得春风疏花果，蜜蜂绕树寻蜜源。
生情触景追回忆，往事如烟浮眼前。
命令声中奔南北，吾与战友情谊绵。
蜂花情景满心喜，闲坐品茶忆复员。

二〇一七年三月十日

为战友初八晚发来鲜花、星空图随笔

鲜花一束衬星空，星斗满天月上弦。
好景好时好夜色，微信传情战友圈。

二〇一七年五月八日

为吾友发送岁末愉快图随笔

紫花绿叶跃眼前，那是吾友微信传。
预祝翌年身体好，夕阳向晚迎明天。

二〇一七年十二月二十八日

再忆玉树骑兵（五首）

　　我们于1972年12月8日参加中国人民解放军，被分配到青海玉树部队，驻守在雪域高原，训练在长江、黄河、澜沧江源头，一千多个日日夜夜始终与心爱的军马为伴，苦练杀敌本领——马术科目。

　　虽然时光逝去了三十年，骑兵兵种已无师、团、支队，营级建制。只保留了数量不多的连队建制。骑兵也失去了昔日鼎盛时期的辉煌。但在我两鬓已染白霜时更加念旧骑兵，每到年末岁首以及"八一"建军节时分，骑兵独有的冬季子夜，拂晓训练的情景和威武雄壮的风采，依然回荡在脑海，难以忘怀，为此，拙作五首，以抒对当年骑兵风采的回忆。

夜间乘马斩劈训练风采

紧急集合哨声响，戴月披星列队忙；
军马竖耳鬃斗立，随时听令马蹄扬。
扬刀举策显风采，人马合一跨三江；
出鞘钢刀寒光闪，疏星晓月把身藏。

收刀合鞘忙脱镫，依马侧体肚藏身；
马肚藏身望星空，壮哉乐得养精神。
避枪躲弹吾蓄势，跃马翻身追星辰；
越障飞壕穿云海①，行空天马齐无喑。

早春拂晓乘马追击训练风采

嘹亮号音划夜空，无喑战马奔杂弘。
千军万马正训练，二月早春好练功。
乘马追击扬飞雪，雪原驰骋穿碧空；
扬刀策马吾豪迈，浩气雄姿贯长虹。

隆冬夜间乘马射击风采

白雪皑皑天蓝蓝，繁星明月撒雪原；
军魂铸造在子夜，闪闪红星笑严寒。
信号升空命令下，奔腾万马雪浪翻；

枪炮齐鸣织火海，胜似银河照雪山。

玉树骑兵风采

嘹亮号声唤太阳，吾牵战马奔教场；
执缰策马刀出鞘，左砍右劈星月藏。
猎猎刀林冲霄汉，铁骑奔涌过长江；
通天河畔演骑术，雪雨风霜洗戎装。

二〇〇八年十二月八日

忆心爱的军马

轻装②集合哨音亮，一二三四③列队忙；
军马竖耳腿立正，目光炯炯向前方。
警觉高度听口令，上马上④时马激昂；
瞬间跪姿示上马，拍鞍骑坐四蹄扬。

二〇〇九年十二月六日

注释：①穿云海：青藏高原骑兵驻守营地，大多在海拔4500米以上，骑兵训练场多选择在人烟稀少、海拔更高的丘陵地带，每到秋冬拂晓云雾缭绕，置人马于云海之中。

②轻装，区别于骑兵重装集合。轻装只携带平时装备的武器弹药，备马鞍装具。不备马褡子及人马粮草。

③一二三四：指列队报数。

④上马上，即骑兵上马的口令，预令"上马"洪亮悠长，从第一对人马直喊到最后一对人马，喊预令时必须环顾队伍。动令"上"，急促似斩钢削铁。音符"上——马——上！"。

战友"八一"欢聚（七首）

　　青海玉树退伍骑兵战友，纪念中国人民解放军建军九十周年，到陇南武都黄鹿坝茶园沟随笔。

车过黄鹿坝①

清清河水起波涛，赤日炎炎豆棚焦。
淡绿西瓜仰天望，绿皮红瓤待操刀。
白墙青瓦擦车过，门面锦旗随风飘。
黄鹿何时悄悄去，隐藏林海窜云霄。

雷雨过后看锦屏②

路转峰回看锦屏，不同视角气象新。
东边出彩西天雨，雷鼓阴岭堆白银。
顿觉凉风解暑热，一山四季赐裕民。
丰饶土地生百宝，代代庶民不受贫。

去茶园沟③

荷叶田田碧波漾，蛙声四起唱稻香。
溪流无数跑山下，座座小山裹绿装。
目不暇接到村口，核桃柿树锁楼房。
苦瓜豇豆坠棚架，暑气松涛宽衣裳。

铧嘴④长廊见闻

擂鼓山下铧嘴村，藏族风情已不浓。
梯田玉米顶红帽，豆架瓜棚一丛丛。
红瓦白墙林中隐，长廊童子问太公。
凉亭对面谁咏雪，公应杨洁和李聪。

去水乡园⑤

溯流而上水乡园，清水河水起波澜。
左侧林阴右溪水，车行黄鹿转急弯。

扶摇直上三五里，紫雾林涛裤鼓帆。
溪水天降水车响，曙光折射银线连。

到水乡园

水车吱扭灯笼艳，水上餐厅数十间。
竹树繁茂降暑气，松林深处飘紫烟。
涧狭溪水润田土，燕子呢喃戏水边。
盛夏纳凉去何处，茶园沟里水乡园。

战友聚餐

张弓射月捉白狼⑥，虾蟹鱼鳖无处藏。
筷子双双向凉菜，降温消暑最适当。
手抓羊肉勾情趣，色味诱人扑鼻香。
战友举杯再相祝，有滋有味话三江⑦。

二〇一七年八月一日

注释： ①黄鹿坝：甘肃省陇南市武都区锦屏乡的一个行政村。地处白龙江支流清水河畔，与黄鹿坝电站隔江相望。

②锦屏：指锦屏乡，地处擂鼓山脚下。

③茶园沟，地处锦坪山半坡，石坎梯田和核桃、柿子树最多。

④铧嘴：武都区坪垭藏族乡的一个行政村，地处擂鼓山下的清水河南坡。

⑤水乡园：在铧嘴村的茶园沟，是新建的避暑纳凉去处。周边山水林园独特自然。

⑥张弓射月捉白狼：喻筷子向鸳鸯锅里夹豆腐。

⑦三江：指长江、黄河、澜沧江，是战友们当兵时驻守过的地方，念念不忘。

忆军营训练

别离军营四十年，日月轮回似云烟。
梦里依稀在站哨，刺杀训练走在前。

飞身上马追晓月，策鞭舞刀未下鞍。
玉树三江荡浩气，青春无悔梦里甜。

再忆军营

雪山云岭绘画卷，草海牛羊浮眼前。
高唱赞歌离学校，火红年代守雪原。
怀揣理想到玉树，垂手摘星头顶天。
跃马策鞭穿雪岭，吾与雪峰试比肩。

梦萦玉树

己亥春，应战友邀请，从金城到阶州战友处，陪同诸战友随笔。

战友十人聚餐厅，重温军姿亮剑锋。
动作虽钝风犹在，两鬓白霜扬笑声。
羊肉手抓饮美酒，天南海北忆骑兵。
话题不离大比武，玉树军营入梦萦。

二〇一八年八月一日

己亥春日（二首）

一

己亥季春景色明，手机正午响不停。
永林明忠相约到，怀揣玉树军旅情。

邀请战友森林雨①，相逢欣喜如意厅。
举杯把盏情未了，驰骋骁勇话骑兵。

二

稍息立正军礼敬，战友十人聚餐厅。
步履军姿风犹在，唯独鬓白耳不灵。
羔羊手抓品美酒，经地纬天话人生。
有战必召上前线，保家卫国自请缨。

注释：①森林雨：武都县城一家餐馆。

战友相聚

应战友邀请，从金城到阶州战友处，陪同诸战友随笔。

战友十人聚餐厅，稍息立正军礼行。
军姿步履风犹在，只是小声听不清。
羊肉手抓饮美酒，吃喝闲侃话人生。
深情脉脉忆玉树，难忘江源大雪峰。

为战友发送盆景吊金钟随笔

金钟倒挂笑口开，翠叶油油送风来。
图片卯时吾收到，清晨诚谢乐哉哉。

二〇一九年六月十日

为战友发来海疆图随笔

海浪椰风生白烟，日出深蓝行海天。
海疆万里军人守，四海安全挂千帆。

为战友手机发送郁金香图随笔

紫色郁金送早安，重山远隔映眼前；
清晨美美好喜悦，朵朵鲜花开心间。

二〇一九年六月十二日

战友乡亲

李、王夫妇邀请乡亲孟某和我做客记。

己亥春日逐春寒，飞花柳絮落花冠。
此时邀友来做客，荤素佳肴盛托盘。

敬酒劝菜说童话，香茗酒气飘雅间。
融融叙事音未改，低语高声忆童年。

二〇一九年四月一日

应邀去枇杷园记

枇杷芒种香熟透，战友岁祥邀品鲜。
王沈结伴去采果，微风吹过香满园。

粒黄浆饱带晨露，优选橙黄先解馋。
脚踮手伸摘极品，汗湿衣背果满篮。

二〇一九年四月二十三日

青海行吟（十首）

献给20世纪70年代曾在青藏高原腹地玉树军分区骑兵一支队、骑兵二支队、分区独立连；杂多、治多、曲玛莱、称多、玉树、襄谦6个县武装部，6个县中队；黄河源、清水河、结古3个兵站服现役的首长和十余个省区的数万名战友们，以追忆我们当年骑兵的英姿和对青海玉树这片近27万平方公里高原净土的眷恋和念想。

现将甘肃陇南籍退伍军人于2019年集体在青海省省会西宁市过"八一"建军节时，游玩青海、海南，遥望玉树，追忆军营，苦练本领，书写忠诚，回想英姿的往事在青海湖畔写下随笔10首。

上西宁

别离玉树四十年，每每八一梦萦牵。
己亥[①]建军上青海，战友重逢道平安。

向西行

日月山[②]下西南行，天边积雪耀眼明。
雁鸥翔飞骏马跑，菜花金黄牧草青。

到海南[③]

青海海南天蔚蓝，蜿蜒公路串雪山。
牧民骑马赛骑术，草美水清飘经幡。

思玉树[④]

玉树梦中依稀现，靶场归来笑声甜。
年年约友再出发，白首难还梦难圆。

望玉树

重登河卡⑤向群山，玉树远在白云边。
昔日翻山不缺氧，而今遥望把梦圆。

远眺野牛沟

又上海南鄂拉山⑥，碧空万里满眼鲜。
临风遥望野牛谷⑦，果洛⑧玉树草海连。

忆练兵

三江源头演兵场，可可西里磨刀枪。
滴水成冰练骑射，红星闪闪⑨暖心房。

忆卧姿射击

摸爬滚打红星闪，绿草丛中最姣妍。
隐蔽匍匐加速度，举枪瞄准中十环。

忆隆冬巡逻

北风呼啸过雪山，唐古拉山⑩冰满川。
清早巡逻牵战马，蓬勃红日照雪原。

忆站哨

青海长风过雪山，天河驻守坚如磐。
疾风卷雪去站岗，身裹皮裘背心寒。
缺氧高寒敢较量，红星照耀烈火燃。
扛枪守土励斗志，春满人间为泰安。

二〇一九年八月一日于青海湖

注释：①己亥：指2019年"八一"建军节。

②日月山：位于青海省西宁市东南部湟源县西南40公里，是青海湖东部的天然水坝。

③海南：青海省海南藏族自治州，位于青海省省府西南部。

④玉树：位于青海省西南部，地处青藏高原东部，州政府位于最东边，

平均海拔4200米以上。

⑤河卡：指河卡山，在青海省海南藏族自治州兴海县境内，到玉树214公路盘河卡山而上，山顶海拔近4100米，气压68千帕。现今公路隧道口海拔约3700米。

⑥鄂拉山：位于兴海县，214公路必经之山，隧道口海拔3803米，此山最高峰5200多米，是昆仑山系北列支脉。

⑦野牛谷：指野牛沟，位于214公路旁，属果洛州玛多县境内，公路高程4326米。

⑧果洛：指青海果洛藏族自治州，果洛玉树地界相邻。

⑨红星闪闪：帽徽是红色五角星。

⑩唐古拉山：藏语意为高原上的山，藏古语意为雄鹰飞不过的山。山脉海拔6000米以上，山脉最高峰7117米，年平均气温零下5摄氏度。位于西藏自治区东北部，与青海省海西蒙古族藏族自治州、玉树藏族自治州接壤，山脉东段是西藏与青海的界山，是长江南源沱沱河、澜沧江、怒江等河流的发源地。

青海湖组诗（六首）

日月山远眺

初秋重上日月山，麦浪菜花连雪原。
浪卷海风洗长空，惊涛骇浪洒湖边。
凝眸长空无氛垢，飘动经幡摇海天。
天路流云非是梦，玉峰芳草接陇川。

远眺草原

草色湖泊似海蓝，起伏涛涌托银山。
登高放眼千帆过，俯瞰珍珠撒草原。

赏青海湖

瑶台明镜镶高原，云水端头激浪翻。
雪域珍珠人尽赏，海天一色万里蓝。

夜赏青海湖

湖光星月真美，寥廓海天湛蓝。
波浪淘星洗月，熏风吹拂如醴。

再赏青海湖

浩渺平湖无头边，风生水起接云天。
天鹅排空上霄碧，油菜花黄绣山川。

为雷喜春发送渔翁驾舟随笔

小河南口垂柳，雨霁润泽娇柔。
戴笠撑舟撒网，适时把控纲收。

二〇一九年八月六日

战友再相会（二首）
——庆祝中华人民共和国成立七十周年战友重逢两水镇

一

西宁别后两水见，国庆重逢喜开颜。
互敬军礼倍亲切，品茗斟酒话当年。
江源天马飞云上，红日欲出去训练。
战马腾空跃障碍，收缰剑指晴空天。

二

今年六八着军装，战友相聚来四方。

莫怪路人开玩笑，军魂激荡情绪昂。
戎装脱去再就业，标志三红永珍藏。
今日阅兵好兴奋，梦回玉树控马缰。

二〇一九年十月一日

"八一"建军节抒怀（四首）

看了群里战友发来的祝福、问候、关爱，关心的话和近期永林、文海发起八一活动的安排，非常兴奋。去年八一在西宁见面相聚后，又一年了。回顾一年来的经历和思念，感触颇多，思想感悟的潮水和过六奔七的夕阳余晖不时督促我在八一建军节到来之际写点什么？今日献给战友们《"八一"建军节抒怀（四首）》，以聊表心愿和思念。

思念军营生活

八一建军忆当年，铁马金戈驰雪原。
双手持枪怀抱月，高原站哨守家园。
朝夕迎送望四季，卧雪爬冰战酷寒。
习武练功本领硬，手持利剑斩凶顽。

忆青海玉树环境

退伍军人话雪原，三江源上扎营盘。
繁星头顶脚踩雪，驻守高原意志坚。
空气稀薄缺氧气，冰川雪岭难望穿。
寒冬漫长缺蔬菜，顿顿吃肉穿皮棉。

暴雪随时来封山

秋冬漫长春夏短，白雪夏天落山巅。
地域高寒最缺氧，种植蔬菜扎根难。
瓜棚豆架难挂果，偶见鲜菜先生餐。
立夏三伏牧草长，牛羊肥壮滚草原。
山溪沟谷秋风吼，暴雪随时来封山。

耕耘创业再奉献

解甲归田哪等闲，风风火火创业艰。

纷呈异彩显身手，沧海洪流捷报传。

军旅精神融血液，人间有难献薄绵。

惊谈落日余晖好，无限舒心祝平安。

二〇二〇年八月一日

为战友当日拍摄青海门源①
油菜花随笔

沃野无垠地连天，高原云海秀山川。

门源菜花随风漾，赏此景图难忘缘。

军旅人生守雪域，触景生情忆当年。

继才战友传微信，跨越时空梦萦牵。

二〇二〇年八月一日

注释：①门源：指门源县，位于青海省海北藏族自治州的东北部，与甘肃相邻，距省会西宁150公里，属高原大陆性气候，最低海拔2388米，最高海拔5254米，县城海拔2700米。7月8日油菜花盛开，是旅游旺季。

军旅情深（二首）

2019年，青海玉树退伍骑兵在武都两水着"65"式军服，庆祝中华人民共和国成立70周年有感。

视军装似宝

余到六八着军装，整襟理袖抚领章。

五星校正戴军帽，草绿着装更端方。
国庆"三红"同佩戴，稍息立正步铿锵。
重温正步蛮标准，节后军装又珍藏。

心系边关

八一别后十一见，握手言欢笑若灿。
道问安康聊近况，知心话儿说不完。
亲切围坐又端望，谈笑风生透祥安。
豪气犹存军魂在，仍能披甲去戍边。

二〇二〇年十月一日

献给七二从戎玉树退伍老兵（三首）
——谨表回忆兼拜年

一

玉树军营初见面，时光转眼五十年。
那时朝气精神旺，春夏秋冬守高原。
起早贪黑练本领，战马飞奔还策鞭。
乘风踏雪最豪迈，破雾穿云天地间。

二

站哨冰川踩脚下，刺杀爆破"敌"①胆寒。
枪鸣马嘶军号亮，马术射击勇夺先。
正步铿锵撼山岳，单兵投弹做示范。
擒拿格斗虎气冲，机智勇敢扣心弦。
土工作业构工事，进攻防御把敌歼。
而今无奈雄姿去，遥望军营常思念。

三

秃顶鬓白牙齿壑，思绪尚可好睡眠。

茶余饭后忆玉树，怀念当年最自然。

节庆端详合影照，追忆部队韶华篇。

喜迎辛丑年来到，战友祝福颂大安。

二〇二一年二月十日

注释：①"敌"，20世纪70年代在近似实战军事演习中，将双方对抗力量称"敌我方"。

悼当年青海玉树的一位战友

惊闻战友驾鹤去，浩瀚苍穹添明星。

追念当年在玉树，策鞭跃马跨雪峰。

穿云破雾天地间，飒爽英姿数骑兵。

翠柏苍松手挽手，华林①送别难舍情。

二〇二一年四月六日

注释：①华林，即甘肃兰州华林山公墓。

为战友发送一群小鸡在绿草丛中
捉食图随笔

小小雏鸡毛茸茸，叽叽喳喳蹦草中。

花儿朵朵仰天笑，伸颈展翅嘴捉虫。

二〇二一年四月二十八日

过端阳

携妻瑞玉与战友们辛丑年在两水后坝过端阳记。

后坝辛丑逢端阳，战友抢争问短长。
成代明忠沏茶水，喜春翻谱选煲汤。
瓷盘镦盏呈桌面，李友举樽祝健康。
周李公筷忙夹菜，酒逢知己口口香。

为战友发送山水图随笔

夏至节气今晨到，太阳直射气温高。
兴朝增平送山水，目的降温解暑燥。

二〇二一年夏至

为好友手机发送牧童骑牛图随笔

芳草茵茵杨柳青，风和日丽景色明。
骑牛牧童唯难见，触景追昔身音听。

二〇二一年夏

为战友发来小鸡绿草图片随笔

一群小鸡毛茸茸，展翅伸腿蹦草中。

绿草红花点头笑，雏鸡忙碌捉昆虫。

二〇二一年夏

回忆三江源军营生活（四首）

曾驻守青海玉树退伍老兵在武都两水镇铧嘴村（水乡缘景区）相聚，回忆三江源军营生活。

站岗放哨

七旬战友聚乡缘，回忆当年战酷寒。

子弹上膛站岗哨，钢枪手握防未然。

竞睁目眦察异动，侧耳静听四周看。

下哨用雪搓手脚，预防脚手冻伤残。

高原季节

冬季漫长春夏短，深秋暴雪早封山。

江源雪域无耕地，品味果蔬眼望穿。

秋夏牛羊逐青草，雪山草海接蓝天。

瞬间此景又著雪，拾拣牛粪备烧烟。

拾拣牛粪

迎风顶雪加油拣，人马穿行天地间。

串串足迹印雪地，颗颗汗珠撒荒滩。

秋冬岁岁皆如此，牛粪风干好能源。

取暖炒蒸火焰旺，初听故事蛮新鲜。

牛粪取暖

牛粪取暖炉火旺，火墙散热暖洋洋。
学习文化做笔记，间隙休息洗衣裳。
宝贵时间全利用，穿针走线缝领章。
雪花窗外飘飞过，檐瓦冰帘自排行。

二〇二一年八月一日

翻阅当年骑兵相册有感

昔日策鞭舞金戈，奔腾穿越通天河。
昂扬豪迈军号响，场上演兵换季节。
铁血胆魂冲霄汉，枕戈听令不脱靴。
而今气怯体力弱，回忆军营思难歇。

清平乐·八一

五十年满①，老战八一见。
今日团圆互相看，虽老军姿矫健。

结缘玉树情深，军营骑马飞奔。
战友百年聚首②，壬寅双喜临门③！

二〇二二年八月一日

注释：①五十年满：1972年12月8日参军，至2022年8月1日，我和战友们度过了50个建军节，也是中国人民解放军建军95周年。

②战友百年聚首：中国共产党领导的人民武装从1927年8月1日南昌起义到2027年8月1日整整建军100周年，我们期盼相聚。

③壬寅双喜临门：从参军到退伍已过了50个建军节，恰是我们迈入70岁时。

自安

过去策鞭举金戈，荷枪实弹越天河。
而今天变胳膊痛，发际上移顶秃额。
每当八一念玉树，神飞心往唱军歌。
青春无悔寻旧岁，白首萧歌乘晚车。

二〇二一年八月三日

第三章

故乡亲情

夜晚纳凉

——忆一九六五年陪外祖母纳凉

风吹稻花香两岸，祖母树下摇蒲扇。
几个幼孙围身旁，揉肩捶背享晚年。
妞妞亲昵梳银发，小强抚衣扯青衫。
阵阵晚风好凉爽，星星眨眼升玉盘。

一九七〇年七月

自家菜园

瓜藤豆蔓爬上架，碧玉翡翠坠稀稠。
大蒜洋葱秆叶败，头埋泥土芒种收。
辣椒夏至花上顶，结果月余红初秋。
桃杏地边七八树，透白金灿探出头。

一九七六年六月一日

浪底黄金泥土香

——忆石门公社上沟大队农场连枷打麦

麦束拆捆穗排行，金黄麦浪铺农场。
梃枷布阵使劲打，噼啪噼啪粒脱仓。
连翅飞转加速度，伏天打麦汗水淌，
木杈起场挑麦草，浪底黄金泥土香。

一九七二年七月十六日

卜算子·林氏宗祠

九眼水泉边，祖上择祠地。
万历年间建祠堂，企盼降福祉。

宝地紫烟飘，岁岁隆冬始。
五谷丰登祭祖宗，跪拜皆后裔。

一九八〇年六月六日

咏林氏宗祠（三首）

一

林氏宗祠万历①建，依山面东庭三间。
人梁榫卯坐脊瓦，岁月沧桑五百年。
四季清泉不枯溢，树枝藤蔓相勾挽。
先人供奉显灵气，白虎②秋冬夜守先。

二

梯子崖前树森森，神宗万历始供神。
挑檐斗拱风铃动，暮鼓晨钟送和风。
野草青苔锁流水，嶙峋怪石生烟云。
燕飞鹿跑风雨到，骤响风铃虎入门。

三

遮天古木枝叶茂，林氏宗祠建山腰。
百顷森林养泉水，每年岁末经幡飘。
虔诚后裔祭先祖，九眼泉水灌丰饶。
瓜果稻菽陈供品，歌功颂德三通宵。

一九八二年五月

注释：①万历，即明朝万历年，是神宗年号。

②白虎，历代守祠者相传，每年秋冬和落雪时，白虎清晨或夜晚进入宗祠正庭廊檐守卧供奉先人，未曾听说白虎伤人之事。

忆我的童年（四首）

饥荒

豆苗破土笋逢长，桃杏残花青果藏。

小麦扬花飞柳絮，暮荒三月饿断肠。

急需何物撑肠胃？野菜柳丝和面糠。

食不果腹三年后，家家五谷装满仓。

盼麦黄

早晚眼望小麦黄，鹧鸪啼鸣育稻秧。
开镰之后吃饱饭，夏至季节人体强。
寒露秋风收庄稼，登丰五谷要冬藏。
居家过日靠节俭，奢望灾年不断粮。

爸爸回家

树影婆娑响不停，月明星高照窗棂。
饥肠辘辘难入睡，吾父敲门叫明明。
我只净身跳下炕，疾匆开门迎父亲。
将吾爸爸搂怀里，亲脸摸背泪莹莹。

爸爸背我星夜进县城

爷爷诉苦命难逃，鸡叫三遍催天明。
爸爸背我离上沟，五十里路徒步行。
进城先上幼儿园，死里逃生靠父亲。
家父西游恩难忘，念怀化作泪水倾。

二〇一三年春

忆爸爸领我上光明（二首）

一

爸爸领我上光明，面迎晨曦向山行。
弯曲山路串梁峁，涉水跋山到草坪①。
小麦金黄玉米壮，红白草莓笑吟吟。
夕阳西下到公社，三面木楼北门厅。

二

公社花园舞蜻蜓，踏枝喜鹊闹不停。
蔷薇月季斗芳艳，绽放芍药赛紫荆。
树荫雏鸡啄蚯蚓，出墙红杏衬竹青。
牧童赶畜炊烟起，唤犊雌牛音色鸣。

二〇一三年夏

注释：①草坪，光明公社的一个村，光明公社，即今天的武都区龙凤乡。

忆我的妈妈（五首）

——忆一九六三年至一九七八年时的妈妈

挑灯纺线

纺车摇动吱咛转，夜挑油灯来纺棉。
捏捻摇车凭技巧，娴熟收放娘欣然。
兄妹围着慈母坐，帕线揭棉①擀捻纤②。
月照窗棂线满筒，油干灯灭方睡眠。

经布

大场经布十月初③，露气晨风侵饥肤。
续线换筒④凭技巧，妈妈经布喘气呼。
躬身屈腿频频跑，夜幕降临方回屋。
慈母欢喜不觉累，掌灯时分又下厨。

染布裁剪

土布下机垒锅灶，院场烧水支桶缸。
明矾青盐配染料，文火加温染布忙。
染色浸冲晾晒好，藏蓝颜色四丈长。
架杆⑤取布裁棉袄，娘亲为儿做新装。

慈母才艺

画笔生辉牡丹笑，花针刺绣百鸟翔。
舞飞蜂蝶采花朵，芦草小河戏鸳鸯。
戴雪红梅惹鹊闹，方方绣品⑥名气扬。
姑娘遍闻求学艺，老媪互托要帮忙。

怀念慈母纺车

一家三代换新衣，全靠纺车来纺棉。
夜晚星稀纺车响，吾娘废寝纺棉线。
忙忙碌碌求温饱，日月轮回三十年。
包产到户政策好，棉花不种纺车闲。

二〇一四年深秋

注释：①揭棉：为擀棉花捻纤初选薄厚大小均匀的弹花。

②擀捻纤：在揭好的弹花边沿放一约七寸长的光滑线棍，双手巧用力，擀成细长条圆筒叫捻纤，是纺车纺棉的第一道工序。

③十月初，指农历。

④筒：缠绕棉线的柱，当地叫岁筒，一岁筒绕线约一两。

⑤架杆，是晾晒土布的木杆，由两柱一横杠构成，高约6米。

⑥绣品，泛指用彩笔描绘的未绣图案和已绣成品。品种有新婚合页枕头、老枕、女子鞋面、儿童裹肚、帽子、手帕、披肩、袜留根、荷包等。

自给恬静的农村生活（三首）

石门上沟1963年至1978年农村生活。

一

上沟位踞两①山前，渠岸青杨树参天。
巧用溪流建水磨，榨油磨面最方便。
源头活水灌庄稼，沃野百顷两季田。
纺线种棉织土布，菜园蔬果四季鲜。

二

杨柳青青渠水清，村童戏水捉蜻蜓。
树荫老媪纳鞋底，丁壮刈麦在东坪。
小伙村姑运麦束②，挥汗风尘跑不停。
金光一路把歌唱，龙口夺粮抢天时。

三

岁末农家人倍忙，高粱稻谷要装仓。
理梳苞谷搭棚架，束捆秸秆去粉糠。
脱籽拆棉装圆囤，榨油碾米上磨坊。
劈柴堆码清厕圈，早晚挤时缝衣裳。

二〇一四年初冬

注释： ①两山，即林家山，王家山。
②麦束，刈割的麦子束成捆叫麦束，一束能打10斤至15斤小麦。

忆寒假砍薪柴

袖筒暖手御风寒，躬背踩雪爬上山。
没膝白雪盖山野，晨雾轻纱山岭连。
林海夹缝伐柴火，不知疲倦背流汗。
夕阳西下柴束捆，负重攀山汗不干。

清平乐·小院赏黄瓜

季春小院，看叶绿花鲜。
茁壮瓜藤向架赶，带刺顶花喇喊。

黄瓜翠绿下垂，水灵沐浴风吹。
静坐品茗观望，不时泥燕回归。

二〇一五年春

清平乐·收获

斜阳雨后，天空织锦绣。
稻黍随风把腰扭，粒饱穗弯熟透。

云烟送别夕阳，沙坝①稻谷登场。
翌日开镰收获，粮食万顷归仓。

二〇一六年十月六日

注释：①沙坝，在石门乡以西2.5公里，位于212公路左侧，种植水稻1000多亩。

057

清平乐·乡情

河水流淌，望云蒸雾上。
雨露滋润禾苗壮，沙坝水稻翻浪。

风送夕阳下山，远山又衔云烟。
村童收笼提鱼，媪叟挎篮牵牛。

二〇一七年八月十二日

车载金秋回故乡

——去石门老家看乡亲们收获水稻

秋雨丝丝洗午阳，野田水稻刈割忙。
金黄稻穗沉甸甸，手舞银镰喜洋洋。
束捆堆码车装满，汗珠滚落泥土芳。
幸福创造靠劳动，车载金秋回故乡。

二〇一七年十月十日

清点大钞笑开颜

秋雨好似调色盘，浓妆淡抹大自然。
山川橄榄赛珠宝，满目琳琅镶金山。
粒粒晶莹果浆饱，颗颗熟透盼晴天。
运输采果高效率，清点大钞笑开颜。

二〇一七年十月十六日

忆二弟

绛帽青衣伴终生，青灯供果守虔诚。
花斋牢记念佛祖，土里刨食起五更。
暑往寒来送日月，耕耘泥土稻菽丰。
戊戌六九^①驾鹤去，蔽日果园皆哭声。

二〇一八年农历三月初一

注释：①六九，即戊戌年农历六月初九。

再忆胞弟

胞弟突然离人间，每逢回忆泪眼帘。
幼年成长日子苦，糠面和菜难饱餐。
年幼替娘带弟妹，少年下地去种田。
秋收春种跑细腿，憨影匆匆留山川。

二〇一八年农历六月初九

武都石门闲居（三首）

盼雨

立秋无雨二十天，稻稷遭殃秆叶黄。
焦虑农夫盼降雨，甘霖突降百姓安。

降雨

玉米伸腰咯叭响，高粱吸浆把头扬。
守田老叟舒腰展，预盼秋粮装满仓。

雨后

近水远山景色明，山川林果水莹莹。
长空蔚蓝雨水洗，稻菽风吹扬万顷。

二○一八年八月三日

登石门上沟垭壑梁观乡亲们
采撷油橄榄鲜果（二首）

一

离村二里垭壑梁①，俯视原野披秋装。
青壮少童齐上阵，采收橄榄人倍忙。
川台梁峁皆欢闹，摘果拽枝手臂扬。
鲜果筐筐似珠宝，车拉快跑进工厂。

二

玛瑙翠珠色泽亮，水漂筛选送榨房。
趁鲜冷榨油出口，清亮油汁待品尝。
玉液盛杯细品味，爽滑涩淡口留香。
特级初榨装瓶罐，批趸精油下五洋。

二○一八年十月二十日

注释：①垭壑梁，地名。

秋收

秋风节气天转凉，翻浪稻菽穗粒黄。
昔日刈割舞铁臂，农场田野人人忙。
而今巧手驾机械，脱粒收获即归仓。
提质增效又省力，农机助跑强农桑。

回石门老家

未谢榴花独自开，凋花朵朵铺青苔。
黄鹂鸣叫来人到，误把主人当客人。

二○一九年初夏

观自家小院枇杷、翠竹（三首）

芒种枇杷

枇杷芒种香熟透，绿叶扶果摇枝头。
浆饱粒黄带晨露，争鸣鹂鹊唱果收。

翠竹

日月光华竹影娑，寒冬历尽新笋茁。
厚皮尖嘴破泥土，追赶太阳把衣脱。

观春笋

吾家小院竹繁茂，拔地新笋一丈高。
根立泥土笋茁壮，竹节翠嫩羞娇娇。

任凭南北风雨骤，笔挺亮节不弯腰。
戴月披星历寒暑，岁冬会友著风骚。

二〇一九年初夏

清平乐·二弟三周年祭

二弟辛苦，汗水和泥土。
脚步田间送寒暑，不惑向善佛祖。

清灯孤影戒斋，求食土里心开。
果菜稻菽皆种，西行难舍悲哀。

辛丑年七月十六日

忆二弟在林家山柴地湾梁边拣松塔①

凋落松塔你拾拣，背篓满装又束圈。
晨起夜归五十里，跋山涉水柴地弯。
伐薪二弟欠体力，就地拣拾当能源。
松塔易燃火力旺，身影忙碌汗湿衫。

注释：①松塔，华山松树上结的像塔形的果子，松果里有松子。松塔油汁多易燃烧，火力旺是生火做饭的好能源。

怀念胞弟

高田果树低田菜，春种秋收独往来。
戴月披星勤耕种，苍天障眼降悲哀。

妻离子散成孤影，双卡收音寻颜开。
有缘身归佛陀去，青灯孤影念佛斋。

二〇一九年八月

辛苦·再忆二弟

三伏锄草汗水淌，三九修田①披雪霜。
送走夕阴迎晓月，求食泥土年年忙。

二〇一九年八月

注释：①修田，指农业学大寨兴修水平梯田。

清明拜祭父母

责任田里核桃园，时令清明花穗繁。
跪拜父母送香蜡，红烛青烟上九天。
追思养育泪水淌，考妣恩德铭心田。
黑色蝴蝶飘茔地，两行泪水襟难干。

二〇二〇年农历三月初一

兄弟三人伐薪柴（四首）

一

夜半三更雄鸡唱，妈妈为儿烙干粮。
弟兄轮换砺镰刃，待发整装背行囊。
家犬冲前又蹿后，摇头摆尾叫汪汪。

三人夜行狗壮胆，腰摽斧刀像樵郎。

二

跋山越岭到杉洞①，踩雪伐薪急匆匆。
左砍右劈不觉冷，路滑二弟唤长兄。
镰刀锋利汗珠滚，湿透衣背力无穷。
光漏树梢日西下，薪柴堆码腹中空。

三

捆柴绑绳把腰躬，生火烤馍暖烘烘。
束捆薪柴绳索绾，铝缸化雪润喉咙。
吃馍饮水添力量，覆雪灭火离林中。
黄狗开路奔山岭，三人负重星满空。

四

中途黄狗飞下山，报信通风告平安。
母亲掌灯做饭菜，不时仰望黄土盘②。
梢柴③拉拽扬尘土，人跑柴推一蹓烟。
鸡叫出门戴月还，妈妈把儿挂心间。

二〇二一年三月二日

注释：①杉洞，地名。
②黄土盘，地名，在林家山山腰，正对我家门庭。
③梢柴，细嫩的枝头搭肩，粗壮的一头落地，人拽拉，柴长约3米。

吆牛犁地种洋芋（六首）

忆一九六九年春季，在石门上沟林家山松毛树①梁点洋芋。

一

队长安排吾耕地，吆牛甩鞭把犁扶。
黄牛拉犁好气力，泥土深翻一尺余。

行距尺余点洋芋，得当劳力抓粪土②。
挥镢操耙移肥种③，屈腿弯腰滚汗珠。

二

晨起耕田到晌午，耕牛拉犁气喘呼。
牛乏人困需歇气，灶火通红洋芋煳。
队长闻嗅入窑洞，查看炉火瞧香炷④。
弯腰侧耳听釜水，吆喝放工吃洋芋。

三

卸犁歇气拍袖土，自拣洋芋端盆出。
洋芋出锅咧口笑，无人计量自满足。
剥皮瓢露面如雪，松软香甜吃饱顿。
蛋蛋剥皮下酸菜，有滋有味享口福。

四

饲养人员添草料，秸秆豆瓣搅麦麸。
牛吃料草又甩尾，吃饱犍牛咕噜噜。
顺卧槽边把刍反，雌牛亲昵唤牛犊。
童牛闻声活蹦到，舌舔依偎亲牛母。

五

老汉倚坎抽旱烟，长须白发酷似仙。
修犁装铧楔镢耙⑤，饭后壮年挤时间。
洋角稚童最欢喜，进林结伴剜小蒜。
休息解困又耕种，干劲倍增力无边。

六

吃饱耕牛好力气，拉犁奋蹄不甩鞭。
十牛百人齐上地，布阵排兵遍梁湾。
干劲铆足互协作，汗流浃背种百田。
太阳转眼移山顶，渴望春雨润万山。

二〇二〇年三月十日

注释：①松毛树，林家山山顶的一个地名。

②粪土，即农家肥。

③肥种，肥料洋芋种子。

④香柱，蒸煮洋芋时用来计时。

⑤镢耙，劳动工具。

夜半上山隔望天火

一九七〇年春节前，兄弟三人携家犬上林家山沙洞弯伐薪柴。

三人携犬向山行，破晓暗阴到铁荆①。
黄狗仰头狂吠叫，岗沟②脚下红火明。
椭圆球火放光焰，由北向南飘不停。
兄弟惧怕是鬼火，磨刀壮胆盼鸡鸣。

二〇二一年四月

注释：①铁荆，林家山山腰的一个地名，是上下山路人休息的地方。
②岗沟：地名，位于铁荆对面王家山山腰。

再忆寒假去沙洞弯伐薪柴

踩雪顶风到沙洞，砍伐柴火急匆匆。
右伐左砍柴成捆，工夫不大出林中。
拧绶理柴绾绳索，汗流气喘告大功。
太阳已过徐家堡①，负重百斤走夜空。

二〇二一年十二月

注释：①徐家堡，白龙江北岸的一个村，地处林家山南侧山脚。

三代桂缘忆爹娘（四首）

一

步入上沟①丹桂香，寻芳追溯探何方。
扑鼻香味源塄下②，林氏圃园吐芬芳。
桂树当年来何处？幼苗出圃一尺长。
破盆栽种始文县，慈母精心护嫩秧。

二

暑热遮篷避强光，寒冬为树披衣裳。
呵护关爱十年后，桂树开花色金黄。
慈母喜出又望外，闻香兴步到树旁。
挪椅携父③坐树下，摇扇纳凉念儿郎。

三

繁育桂花不寻常，一家三代④皆空忙。
而今奢望慰心愿，观叶赏花闻馨香。
父母驾仙花依旧，中秋空荡念爹娘。
三十年后枝叶茂，碧枝花团伸檐廊。

四

风吹白首岁华侵，触景睹物思逝人。

哺育恩情铭心间，面花追忆泪温巾。

夕阳虽好日西下，岁月飞逝长叹吟。

三代追求终实现，唯吾独座望黄昏。

二〇二二年十月二十二日

注释： ①上沟，地名，石门乡上沟村，距国道212公路约500米。

②塄下，家住小地名。

③携父，因吾父患眼疾。

④三代，曾祖父、祖父、父亲三代均知书达礼，都奢望在自家庭院栽株桂花树。先后用扦插、嫁接、桂树树旁覆土压枝吊包等办法，每年春秋实施，而无果。可见他们多么爱中秋第一花。为实现父辈的心愿，我1992年在文县任职时找到了一株一尺高"梅定妒，菊应羞，画阑开处冠中秋"的金桂幼苗。

秋收秋景（四首）

因故乡在农村，少时在农村长大，又在武都县委农村工作部和乡党委任过职。此诗为聊对那个年代农村生产生活的念怀而作。

一

正午阡陌人熙攘，秋阳普照软红光。

吆牛耕地翻泥土，打土耱耙种夏粮。

稻谷脱粒急晾晒，驾辕套马送农场。

一直忙碌未歇气，舌燥口干盼天长。

二

玉米金黄搭上梁，橙黄稻谷正装仓。

秸秆堆满农家院，妇女连枷打高粱。

丁壮上山揽荞麦，村头巷尾脚步忙。
攀枝喜鹊喳喳叫，柿子彤红紫叶扬。

三

层林尽染狂花放，水气遇寒地着霜。
又是一年深秋尽，收获五谷全登场。
拆簸晾晒丰收果，菽黍晒干泥土香。
辛苦耕耘端牢碗，有粮数石心不慌。

四

孩童相约自娱乐，勾手围圈唱儿歌。
玉米娃娃真可爱，深秋金黄把嘴咧。
满怀珠宝金光闪，串辫上棚忙老爹。
羊角稚女闻声笑，从头重唱童音迭。

二〇二二年十月二十三日

去秧田

夜雨降临后，次日随石门上沟乡亲去沙坝秧田拔水草有感。

夜雨晓停天放晴，彤彤红日经天行。
气温正午飙升起，燥热青蛙自争鸣。
稻穗扬花正灌浆，村民切盼好收成。
高温热浪拔水草，眼望甘霖稻谷丰。

二〇二二年八月十日

春回故乡

行走乡村泥土香，和风细雨漏斜阳。

千花万树迷人眼，簇锦花团吐芬芳。

把式老农育稻种，耕耘小伙最为忙。

菽秫薯稷抢锄草，宅院房舍锁门窗。

二〇二三年三月二十日

第
四
章

工作经历

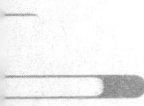

洋芋坑种垄播

到安化乡查家湾村调研洋芋坑种垄播。

坑种垄播查家湾，科学种田走在先。
一窝三籽点洋芋，氮钾农肥配二氨。
按照垄宽去覆盖，清明之后苗出全。
放苗壅土保墒水，叶面喷肥壮根秆。
水土光热催苗长，夏初花叶最茂繁。
初秋洋芋裂泥土，每亩秋收七八千[1]。

一九八〇年秋

注释：[1]每亩秋收七八千，指洋芋每亩产量。

龙凤下乡记

三马一槐[1]叫得响，龙凤五月槐花香。
沟坡梁峁满目翠，锯斧刀响盖新房。
群众抓粮吃饱饭，发展红芪鼓钱囊。
朝着前程向前走，过坎爬坡到康庄。

一九八五年五月二日

注释：[1]三马一槐，即半山干旱区保水固土的灌木马桑，种植的中药材马鞭根（黄芪）马木樨，乔木洋槐。

洛塘青崖沟下乡随笔

洛塘碧水通蜀汉，锯齿群峰咬青天。
北岸依山有村寨，平民村落逾千年。

繁衍传代谋致富，栽种农桑绣金山。
喜看三通①入农户，雀坝②旧貌换新颜。

一九八六年十月

注释： ①三通，指农户通水、电、路。
②雀坝：村名。

公仆为民（二首）

一

山泉溪水出林缘，晨起步行鱼望乾①。
群众沿途修公路，炸石放炮在搬山。
专员书记齐夸奖，当代愚公力无边。
领导表扬又慰问，嘱托群众重安全。

二

鼓舞关怀添力量，大工告竣在明天。
唐阳②群众夜留宿，首长农家进晚餐。
炉火红红话远景，歇息缓气心里甜。
夜出星月篝火亮，奔走一天好睡眠。

一九八八年十一月六日

注释： ①鱼望乾，西支乡与裕河乡接壤的一个地名。
②唐阳，指兴修裕河乡到西支乡公路的塘坝阳坝两村。

畅想（二首）

时任甘肃省副省长参加武都县白鹤桥电站①在角弓乡肖坝子村举行开工典礼。

一

电站选址最绝妙，隔江以南白鹤桥；
水能充沛交通便，造坝截流水位高。
人造天河导江水，施工优质流量超；
三台机组分秒转，缺电武都疑云消。

二

省长莅临来典礼，奠基肖坝锁白龙；
明珠日夜放光彩，电网飞岳穿长空。
农电进村又入户，乡村巨变抢头功；
照明碾米能磨面，水利灌渠农田通。

一九八八年八月二十二日

注释：①白鹤桥电站，1988年省上立项投资2200万元，水轮机发电，装机容量8000千瓦，四台机组，其中三台机组运转发电，一台机组备用。破土动工时间为1988年8月22日。

乱庵风光

——从武都县蒲池乡驻地到乱庵村

行行未见大块田，晨起跋山到乱庵。
隐见二牛①穿云海，轮歇沃野似平川。
风吹雾散麦浪滚，豌豆②伏茏接云天。
蚕豆③当归长势旺，牛鸣马奔向草滩。

一九八九年六月二十六日

注释：①二牛：二牛拉犁。

②豌豆，指小豌豆。高寒阴湿地区7月成熟收割打碾。
③蚕豆：高寒阴湿村8月成熟。

一心为民

为20世纪80年代武都县大力发展特色产业记。

总结培育创经验，十小①兴起武都县。
亲力亲为寻富路，走村串户翻深山。
芪椒茶果齐培育，菜畜橄榄抓在先。
聚力凝心整七载，山川沃野换新颜。

注释：①十小，指当时农村实行家庭联产承包责任制后，组织引导农民依据不同地域气候特点，发展红芪、花椒、油橄榄、橘柑、茶叶、黄连、桑园、林场、畜牧场、渔场、果园、蔬菜园等，统称为"十小"产业。

送白同志登五凤山（二首）

一

白友印象在心间，见面蒲池十多天；
今夜举杯送知己，沱牌美酒醇绵甜。
翻篇往事随泪去，小白仁德不一般；
谁没人生烦恼事，举杯再饮共同干。

二

来世一生路坎坷，风霜雪雨苦中行；
甘来苦尽满心喜，心想事成平步升。
今日饯行暂话别，精神重振登五凤；
转播节目汝值守，夜晚调频乐山城。

一九八八年十二月二十四日

上蒲池土桥山验收冬季新修水平梯田
（二首）

赠给县乡农建工作队员。

一

山路弯弯峰回转，彦才仰指土桥村；
七八株翠柏前后，神庙朱门竖土墩。
八九十户农家舍，坐东面西依山根；
曙光初照云烟上，寻草牛羊自合群。

二

修田篝火上青天，惊动鬼神话人间；
百姓又干哪番事？愚公合力在移山。
削梁搬土气宏大，新造梯田像海绵；
工作队员忙丈量，披星戴月正加班。

一九八八年十二月二十一日

验收农田基本建设

工作队员上土桥①，验收农建量面积。
峰回路转崎岖道，男女跋山把头低。
歇气汗干量地块，田间奔跑日落西。
目击山下灯火亮，夜路下山行走急。

一九八九年十二月二十六日

注释：①土桥，蒲池乡的一个行政村地处高半山。

劳动创造幸福

为蒲池乡高家村、下坝两个行政村新修南北走向护村护地河堤而作。

铁肩巧手筑河堤，横卧东侧锁暴洪。
古柏[1]树前添新景，山洪躲避向南涌。
农田村舍安无恙，菽麦两熟民不穷。
犬吠鸡鸣庭院净，花香四季万木荣。

一九九〇年七月

注释：①古柏，蒲池乡高家村付王爷庙前柏树，据考证约有1800年树龄。

再上乱庵子

秦岭支脉蒲子山[1]，入云高耸亿万年。
鞠躬徒步到湾里[2]，烟雨莽苍牛耕田。
登上大年[3]俯视望，几家村落石鼓湾[4]。
茂林日照紫烟起，云海升腾锁乱庵[5]。

一九九〇年十月

注释：①蒲子山，蒲池乡主山脉，位于乡政府西侧，主峰海拔3100米。

②湾里，蒲池乡的一个行政村，地处蒲子山高半山。

③大年，蒲子山梁上的一个合作社。

④石鼓湾，蒲池杨沟行政村的一个合作社。

⑤乱庵，蒲池的一个行政村，位于池坝、新寨乡接壤地段，属高寒阴湿地域。

书记包村办点

书记包村来办点，今日土桥换新颜。
通水通电通公路，梯田果树盘上山。
牛羊满圈谷登场，百姓感激喜万端。
依靠干群办实事，爆竹声中又扬帆。

一九九〇年十二月二十八日

兴修梯田（三首）

一

麻湾塄里冬天寒，群众修田史空前。
书记专员来工地，检查指导修梯田。
正值三九飘瑞雪，徒步跋山到麻湾。
建设梯田气魄大，喇叭嘹亮红旗鲜。

二

取土炸石排炮响，削梁填谷造平原。
车拉推耙搬生土，熟土还原好平田。
深谷峡沟夯歌唱，花衣小辫把绳牵。
抑扬顿挫夯歌起，滚落汗珠改河山。

三

龙女①打夯赛少男，竣工梯田绕山转。
层层墙板齐刷刷，块块梯田似海绵。
书记专员把话讲，麻塄群众真能干。
征山战水树榜样，六社两村通农电②。

一九九〇年十二月十八日

注释： ①龙女，麻湾、塄里两村以龙姓为主，两村龙姓姑娘组织了一个修梯田打夯突击队。她们的事迹《甘肃日报》、甘肃广播电台以《古有愚公移山，今有龙女治坡》刊登播发。

②通农电，地委书记、行署专员看了群众冬季农田基本建设热情高涨，同时得知两村地处高半山，当即拿过麦克风说："奖励两村资金10万元，用于今冬明春接通麻湾、塄里两村六社8公里长的农电线路。"通农电工程由武都县水电局实施，于1991年3月6日通电。

蒲池任职记（三首）

一

来到蒲池二百天，干群拥护暖心间。
重任肩负带民富，致富心切抓调研。
农舍地头聊产业，加工种养修梯田。
粮油椒药抢播种，劳务养殖正开班。

二

三年栽椒三百万，覆盖玉米总产翻。
苹果雪梨试挂果，药材油品卖现钱。
高寒村社牧业旺，买畜农民擀新毡。
植树造林乔灌草，造林六季树成片。

三

荒山秃岭披绿装，鸟语山青溪水潺。
小麦条播覆苞谷，岁年实现两季田。
秋收菽稷摞棚架，劳务回乡劲鼓圆。
集引资金办工厂，资源村社正扬帆。

一九九一年十二月

地膜覆盖好

高楼①百倾②野绵绵，覆盖地膜裹农田。
增产增收靠科技，种植革命史空前。
菜蔬瓜果反节气，粮药椒杂产量翻。
座座银山生百宝，取之不尽享万年。

一九九二年七月

注释：①高楼，即高楼山。
②百倾，即百倾山。高楼山，百倾山，属文县杨淌河流域，两山流域
涉及4个乡镇的部分农田，总面积500多平方公里。

颂民

文县任职整一年，愚公精神浮眼前。
炸石取土修公路，秃岭荒坡造梯田。
避短扬长抓特色，果椒橘药绣金山。
脚踏实地改山水，铁臂摇动建家园。

一九九二年十二月

在高楼山远眺近观（三首）

一

秦岭以南高楼山，危突文武接蜀川；
田畴坡地布兽背，万顷良田串云天。
白水白龙①生水气，种植五谷妙不言；
齐刷玉米顶红帽，洋芋开花紫蓝蓝。

二

荞麦扬花秫吐穗，葵花金灿转头弯；
秋粮苗壮盼雨顺，预示金狗又丰年。
椒果茂林掩农舍，依山瓦房十余间；
场圃树巢落飞鸟，万户千村冒炊烟。

三

悠远铃铛牧童还，牛驴骡马进棚圈；
村头巷尾人熙攘，农具柴火堆场园。
净手举桌到院子，晚餐荞面馓搅团；
既能解暑又果腹，半月②一家明素盘。

一九九五年七月十二日

注释：①白水白龙，即高楼山南侧的白水江，北侧的白龙江。

②半月：指月光，农历七月十二，明月还未全圆。

离文联想

两江八河①柳枝新，民舍村落沐雨中；
车上高楼②吾西望，江涛晨雾眠蒙胧。
去留换届已绝断，弃业救妻行色匆；
奔走西京③盼病愈，心血耗尽两手空。

一九九六年四月

注释：①两江八河，即流经文县境内的白龙江、白水江。发源文县境内的洋汤河、龙巴河、八字河、中路河、丹堡河、团鱼河、让水河、白马河。

②高楼，即高楼山。

③西京，即西安市区的西京医院，外称中国人民解放军第四军医大学或解放军第四医院。

陇南春耕

春雨霏霏洗烟尘，薄云似绢随春风；
清泉寻柳桑田润，荷叶田田嫩秆升。
红色铁牛白烟吐，秧田翻土闹春耕；
撒播稻种盼苗壮，十月金秋水稻丰。

一九九七年四月

赞樱桃花

九九未尽天多变，樱花独放傲春寒；
洁身似玉花不败，玉瓣黄丝迎春天。
霜雪随时来光顾，仰头欢喜润心间；
引开桃杏闹三月，蝶舞蜂鸣起翩跹。

一九九八年二月二十日

阳坝行

谷雨慕名去茶乡，茶园满目逼上苍；
轻云微雨催茶蕊，新叶顶珠漾绿光。
竹海松涛连天际，明珠生态风送香；
珠玑①瀑布从天落，月牙天湖②通长江。

注释：①珠玑，喻峡水飞溅的浪花水珠。
②月牙天湖，指阳坝梅园沟的月牙潭和天鹅湖。

阳坝海棠谷（二首）

一

千峰叠翠摩云端；日照沟峡升紫烟；
雨练清泉生灵气，海棠花朵仰笑天。

二

凋零花蒂铺曲径，绿树浓荫漏白银；
涧水润泽万物长，斜飞山雀划空灵。

二〇〇七年四月

清平乐·有感陇南林果特色产业

初秋气爽，万里白云荡。
林果质优占市场，商贾云集算账。

椒香飘洒九州，核桃翻滚寰球。
民富根基牢靠，小康硕果全收。

二〇〇七年八月二日

初夏驱车去裕河孙家湾

距乡十里孙家湾，跃上葱茏向西盘。
万绿丛中掩瓦舍，榴花芍药秀色餐。
茶园块块嵌林海，风起涛声碧浪翻。
榫卯木楼写特景，回乡纳凉好恬安。

二〇〇八年五月一日

登孙家湾二垭壑远眺近观

三人登上二垭壑，云卷云舒放眼观。
南北山峰互交错，东西云朵接陕甘。
侧峰横岭皆林海，山地茶园向云攀。
破土笋芽在疯长，眼前栗树穗花繁。

受兄长之邀从裕河河口、白儿湾庄稞梁远眺周家梁（三首）

一

岭南余脉米尖山，由北向南奔水边。
南岳伸腰仰头起，腾云驾雾耸云端。
二龙昔日战河口，传讲周梁显奇观。
岁月穿梭往事过，青山依旧赐福安。

二

往事如云烟，神鱼不复还。
周梁依旧在，断壁向群山。

三

川陕皆传黑龙潭，红鱼戏水潭深渊。
尖山阻水龙潭起，遇水龙吟妙不言。

晨逢遇雨独坐（二首）

一

久旱逢喜雨，禾苗皆欢喜。
山涧云雾起，玉液润大地。

二

细雨唰唰下不停，豆芽弯腰破土颖。
黄瓜藤壮叶墨绿，带刺顶花更水灵。

午时独观（二首）

一

喜雨润禾苗，笋芽又长高。
榴花红似火，老汉喜眉梢。

二

芭蕉摇扇洗涤新，雨后斜阳鸡啼鸣。
日照雾升向西跑，低飞泥燕绕门庭。

二〇〇八年五月二日

初夏受兄长之邀去田湾品茶

青山满目连天际，云淡无暇布天衣。
橡树枝条白花串，棕榈芭蕉景色奇。
南国风景放眼看，燕舞莺歌雨露滋。
兄长邀吾品龙井，微风吹拂心神宜。

二〇〇八年五月三日

参观酒泉钢铁集团公司

大漠深处嘉峪关，陇上钢城一枝花。
产量夺冠靠科技，智能生产天下传。

登嘉峪关城楼

慕名来到嘉峪关，登上城楼天地宽。
漠北秋风翻历史，金戈铁马操弓箭。
守军饮血战关外，防范匈奴入中原。
嘉峪关楼虽久远，至今独秀耸人间。

再登嘉峪关城楼

关楼再上近黄昏，悬臂长城暮色中。
斗转星移岁月去，狼烟铁骑已告终。
天翻地覆六十载，今日大漠尽葱茏。
活水源头育强胜，国之重器上太空。

二〇〇八年八月上旬

重建风貌（四首）

赴四川省青川、北川、汶川考察2008年"5·12"地震灾后农村恢复重建工作。

一

二层楼房好气派，钢木结构新住宅。
人字梁架有特色，白墙青瓦雾中来。

二

灾后重建新农宅，捕鱼采茶更便捷。
三川风貌尽彰显，碧水蓝天怀中揣。

三

茶园碧绿菜花黄，灾后重建农家忙。
更有碧波漾万顷，举纲张目鱼满舱。

四

白墙青瓦茶飘香，优质明前销四方。
红雨轻飘喜遮面，桃花人面小调扬。

二〇〇九年三月十二日

考察见闻（三首）

一

春光明媚车如飞，路转峰回又一回。
碧水蓝天看不厌，家园处处春风吹。

二

露水显山有白墙，翠竹桐树青瓦藏。
人梁夜半挑明月，入睡鼾声梦里香。

三

亲朋同贺盖新房，山水田园秀风光。
燃放爆竹搬宅院，村民个个喜洋洋。

二〇〇九年三月十四日

登朝阳仙洞①

树绕仙山吐翠英，拾级直上观鹤亭。
倚栏回望向红日，只见长空鹤啼鸣。
千仞悬崖亭台立，洞窟壁画助道行。
仙山神洞生灵气，紫气东来万象兴。

二〇〇九年三月二十八日

注释：①朝阳仙洞，即朝阳洞，是武都区风景名胜之一。

亭台望田畴

晨登亭台向东方，滔滔江水闪银光；
远山近水皆碧翠，麦浪催波菜花黄。
阡陌埂旁植桃杏，随风红雨片片扬；
田畴沃野景如画，燕子南回仙鹤翔。

二〇〇九年三月二十八日

武都花椒

太华分岳十万山，疆土武都接陕川；
地处三角宝贝带，先民植椒越千年。
史掀新页美如画，梁岭平畴红光闪；
量大质优效益好，云集商贾聚陇南。

摘花椒（五首）

一

山野灼灼放光焰，红花①绿叶六月天②。
红皮黄口吐灵气，盖地铺天香陇南。
万户摘椒抢时候，团团玛瑙落竹篮。
椒林万顷飞巧手，椒叶遮颜笑声甜。

二

犬吠鸡鸣三更天，农家灯火飘炊烟；
手机电话铃声翠，邀请摘椒语气甜。
背篓竹篮载星月，匆忙脚步陟重山；
曙光初照山川亮，极目"红梅"③镀金边。

三

村民个个喜惊叹，老叟扯枝少提篮；
俊男少女忙摘果，果繁耀眼喜心田。
左剪右掐断椒柄，梅花④鲜亮落竹篮；
唤童老媪要背篓，装篓腾篮手不闲。

四

六月骄阳夏日长，运输晾晒人倍忙；
花椒盛篓靠人背，背篓依垄列成行。
小伙背椒上大道，爬坡过坎闪红光；
车拉鲜椒晒大场，一路颠簸撒椒香。

五

天公作美云遮阳，正是晒椒好时光；
口吐乌珠⑤喷白气，脸红黄口自清仓。
武都空气椒弥漫，房顶晒场椒装箱；
汗水换来丰收果，红袍招来四海商。

注释：①②③④均喻花椒。⑤乌珠：花椒籽。

咏高半山种植叶里藏花椒

夏雨骄阳叶里藏，南风吹过送椒香；
红梅绿叶谁能锁？红脸口黄喜气洋。
笑语欢声忙摘采，车拉玛瑙上晒场；
风吹香气飘万里，万户千村向小康。

二〇〇九年八月三日

赴成都参加全国《灾后重建志》编纂培训会

下榻蓉城飞雪扬，川西隆冬重建忙；
名师授课讲编史，编志要求史料详。
言简意赅求实际，布局合理重恰当；
城乡新貌是重点，块块条条纂篇章。

二〇〇九年十二月二十一日

阳春新迁

油油小麦在荡漾，柳叶成眉白雪扬；
把式秧田下稻种，秧苗涂染陇三江①；
烟花爆仗同恭贺，喜鹊唱歌又飞翔；
灾民重建迁宅院，千秋万代感恩党。

二〇一〇年三月二十日

注释：①三江，即陇南流域的白龙江、白水江、嘉陵江。

晚霞湖畔（二首）

我在2009年10月、2010年3月先后两次来西和县调研灾后重建进展情况，也先后两次去了晚霞湖畔的青沟村，看了数十户农村居民住房重建，与生产生活、村社的绿化美化以及晚霞湖旅游景区的综合开发工程，感触颇深，随笔记下了二首拙句。

一

晚霞湖水衔远山，浩渺烟波生白烟；
绿树水天融一色，依山傍水建家园①。
楼阁水榭红房②绣，碧海琴弦③架山南；
行走曲桥好舒畅，惊闻织女④降湖边。

二

登高远眺大汉塬⑤，未见牛郎在挥鞭；
只识铁牛犁田跑，秋收春种泥浪翻。
黄牛耕种演童话，瓦舍新村大变迁；
织女感应人间降，寻夫汉水⑥忆千年。

注释：

①依山傍水建家园，5·12大地震之后，西河县委政府统一规划组织实施姜席镇青沟村居民住房与晚霞湖恢复旅游景点综合开发展现出的全新面貌。

②红房，晚霞湖畔的青沟村居民灾后重建的房屋以砖木、榫卯、人字梁上加盖红瓦为主，高大气派。

③碧海琴弦，晚晚湖水碧蓝似海，湖面上架有越千米通达南北的水榭长廊，远看酷似琴弦。

④织女，西和乞巧源于汉文化中织女、牵牛、汉河三种关系，乞巧风俗中的巧娘娘就是天上的织女。因为她善于纺织、心灵手巧，故而被女子们尊称为巧娘娘，每年农历七月初七这一天，西和人俗称乞巧节。

⑤汉塬，泛指西汉水流域的山川、土地。

⑥寻夫汉水，指落成在晚霞湖畔的巧娘娘玉像。

农家庭院

万木新叶掩村庄，白墙青瓦新农房；
葡萄棚架嫩芽吐，雀闹枝头闻花香。
庭院顿时落红雨，寻音家犬叫汪汪；
茸茸小鸡忙啄食，老媪依墙享安康。

二〇一〇年四月

西狭行（二首）

二〇一〇年六月初到成县调研西狭旅游景点地质灾害治理和景区灾后恢复重建，一路行走感触颇深。

一

西狭鸡山互相连，天井①依偎汉水边；
地震造成山崩裂，景区两地遭劫难。
攻坚克难全修复，栈道亭台换新颜；
地质灾害已治理，美丽景色还人间。

二

西狭云海通南天，攀上苔级到龙潭②；
回望烟波层叠起，险滩峭壁飞玉帘。
云端红日透七彩，汉隶颂文闪眼前；
太守哪知身后事，碑文瑰宝③四海传。

注释： ①天井，即天井山，在鱼巧峡之上侧，东南临西汉水。

②龙潭，指黄龙潭。

③瑰宝，指摩崖石碑。

武都米仓红芪种植采挖（六首）

一

深秋原野人头动，落叶红芪秆茎红。
老叟稚童齐上阵，刈割捋籽抢头功。
穗结芪籽黑又亮，粒粒溜圆钻土中。
捋籽采挖一次过，翌年谷雨芪葱葱。

二

锄草施肥长秆根，三秋过后芪成林。
根茎茁壮秆叶茂，串串芪花紫纷纷。
花海弥香蜜蜂舞，穿梭采蜜献殷勤。
红芪崖蜜建基地，特产敲开致富门。

三

洋火引柴篝火旺，秸秆柴草堆地旁。
锅盔洋芋火边烤，黄酒灌茶烧胸膛。
饮料小吃皆尽有，铁锅炖肉味真香。
帮工亲友齐上阵，铁锨镢头互相撞。

四

麻绳腰系手拿锨，强壮青年拼着干。
绳绑采挖芪茬口，一边刨土一边翻。
弓腰鼓劲拔出土，品相极佳芪身全。
连续劳作汗珠滚，鲜芪散堆像小山。

五

剪须截头数壮汉，刨土拔芪靠青年。
捆束分级羊角女，人人忙碌汗湿衫。
丰收果里品甜蜜，送水孩童又敬烟。
霜降冷凤飕飕响，歇工劳力围火边。

六

围坐火堆备午晌，汗珠滚动已斜阳。
火旁支桌席地坐，锅碗瓢盆碰叮当。
清炖土鸡热扣肉，罐茶酒水美味香。
少年把盏先长辈，乐乐融融吃干粮。

二〇一〇年深秋

千古陇南换新颜组诗

金秋，山水陇南惠风劲吹，阳光灿烂。逶迤田畴稻菽千重浪，特色林果染山川，乡村白墙红瓦新农房，城市栋栋高楼矗蓝天，服务设施换新颜，交通网络绘陇南……

目睹展现在陇南大地上的辉煌成就，回首万众一心、攻坚克难重建美好家园波澜壮阔的重建历程，使陇南儿女充满了激动、充满了欢乐与兴奋，抚平了昔日的创伤，在喜看千古陇南换新颜、分享成果的此刻，我们怎能忘记汶川"5·12"大地震给陇南人民造成的旷世灾难；怎能忘记是谁给了我们亲切关怀、巨大鼓舞，带领我们走出灾难；怎能忘记陇南儿女在大爱无疆精神鼓舞下擦干泪痕、挺起脊梁，自强不息重建家园的壮举。

为铭记灾难，感恩社会，在中华人民共和国成立61周年之际，我用拙笔将两年多来多次下县、下乡村、入户；到兰海高速和兰渝铁路施工现场、工矿企业、学校、医院、旅游景区、地质灾害治理点收集到的灾后重建成就、效果、社会评价做了整理归纳，拼凑了《千古陇南换新颜》组诗，谨此献给为陇南灾后重建做出无私奉献的亲人解放军、深圳人民、社会各界，以此感恩党中央、国务院对灾区人民的亲切关怀，感恩省委、省政府和各级党政组织的坚强领导，感恩社会各界的无私援助。

千古陇南（六首）

一

秦岭①西南造万山，岷山②雄踞神话般；
桑田沧海写历史，天降伏羲仇池山③。

试转乾坤演八卦，结绳记事始祖传；

西和大禹治洪水，导漾归流④部落安。

二

华夏文明五千年，牛郎耕种汉水边⑤；

始皇一统定华夏，秦祖蓄势⑥始陇南。

祭祖秦皇鸡山⑦上，祁山大堡⑧刀光闪；

仇池国立⑨三百载，宕昌王国⑩越百年。

三

神奇古老陇之南，文史遗存有鸿篇。

永兴见证秦雄起，西垂陵园⑪把史诠。

西狭瑰宝⑫今犹在，邓艾灭蜀文入川。

诗圣成州⑬"七歌"唱，抗金吴氏⑭保宋安。

四

中央红军越岷山，哈达铺镇大整编。

北上抗日加油站，工农红军奔延安。

二六军团播火种⑮，地动山摇建政权。

劳苦大众闹天下，陇南红星飞满天。

五

百万雄师过大江，蒋家王朝被埋葬；

湘音豪气响寰宇，红日腾跃耀东方。

天地同庆新中国，全国人民喜气洋；

九州大地红烂漫，七彩陇南歌飞扬。

六

旧貌从此换新颜，阳光雨露润心田；

改革破旧换思想，特色举旗绣河山⑯。

山川沃野皆五谷，春华秋果心里甜；

科学发展宏图起，奋进凯歌战犹酣。

注释：①②陇南市地处西秦岭南麓以西与岷山山系以东褶皱地带，岷山山系横贯全市西南，东北为秦岭山脉西延部分，山地特征明显。

③仇池山：如荣氏《遁甲开山图》曰："仇池山，四绝孤立，太吴之治，伏羲生处。"仇夷山即仇池山，在今陇南市西和县大桥乡，主峰伏羲崖海拔1793米，是人文始祖伏羲降生之地。

④导漾归流，相传大禹治水导漾水归西汉水。漾水河在今西和县。

⑤汉水边：因伏羲教民农耕，故西汉水流域农耕文化起源早。乞巧节，请巧娘娘的各种活动仪式历史悠久，体现着农耕时代《牛郎织女》在西汉水流域的古老文明与传说。

⑥秦祖蓄势：《史记·秦本纪》秦人祖先"非子居犬丘，好马及畜，善养息之"。周孝王曰："秦先祖保西陲，今其后，世亦为朕息焉。"《中国共产党陇南地区大事记》概述：据史书记载，今礼县红河、盐官、永兴一带古称西犬丘，亦称西垂，秦先祖成、庄公、襄公、文公都以西垂为都也，且死后多葬西垂。礼县大堡子山秦公墓地的发掘，证实了史书的记载。

⑦鸡山，广华《吹箫引凤》书中：公元前220年，即秦二十七年，秦始皇为纪念先祖去西巡，秦皇帝从秦都咸阳出发，途径虢夷行宫，从天水到达犬丘西垂宫，祭祖后南下到达鸡头山，再回咸阳，完成了他统一华夏第一次西巡。登鸡山后写下了"秦皇思阿房，引凤来朝阳，明庭节乃现，一一垂舟青"的诗句。

⑧祁山大堡，在今甘肃省陇南市礼县祁山乡，是三国时期伐魏安蜀的前沿战场，现为三国文化旅游景点。

⑨仇池国立，由氐杨茂搜创立的前仇池和杨定建立的后仇池政权的统称，在南北夹击下几起几落，随着势力范围的变化先后建立过武都国、武兴国、阴平国。赵逵夫《陇南文化》序："历史学家李祖桓先生说：'仇池国存在了三百五十六年（自建安元年，公元196年至梁承圣公元552年之久），比十六国中任何一个政权都长'，鼎盛时期以今西和、礼县为中心，北极天水，东到勉县、略阳，南达广元。"

⑩宕昌王国，羌人梁勤在北魏时建宕昌国，延续到北周时期的政权，都城在今陇南市宕昌县城西，存在了一百四十年之久。

⑪西陲陵园，甘肃礼县永兴乡大堡子山秦公墓地的发掘证实了史书记载的西垂陵园。

⑫西狭瑰宝，西狭因鱼窍峡旁有汉代摩崖石刻《西狭颂》而闻名，《西狭颂》在记载武都太守李翕筑路功勋外，还以其书法享誉海内外，西狭与《西狭颂》现为陇南市旅游景区。

⑬诗圣成州，诗圣杜甫在安史之乱时来成州，画圣吴道子在安史之乱平定后，唐明皇从成都回长安后差遣吴道子去成州寻找杜甫。杜甫先有诗《发同谷县》，后有《同谷七歌》。吴道子有广化寺柏茶神树与广化寺碑画传说。同谷即今天陇南市成县。

⑭抗金吴氏，抗金名将吴氏三杰与岳飞、韩世忠齐名。南宋时金人占领陇南北部地区，宋金以宕昌城至礼县盐官到天水皂角堡为界，陇南阶、文、成、西和、凤（今徽县）五州为宋金前线。

⑮二六军团播火种，《中国共产党陇南地区大事记》：1936年8月8日至10月10日，二六军团在陇南开展革命斗争六十余天，先后攻克了成县、徽县、两当、康县四座县城，足迹遍布陇南一百多个乡、镇、村，建立了两当县工作委员会和成、徽、两、康、岷五个县苏维埃政府，乡镇苏维埃政府21个，村苏维埃政府68个，发展由共产党领导的地方武装15支，游击队员8000多人，后有5000多名青年参加了红军（包括岷县）。开辟了以成县、徽县、岷县（包括今宕昌）为中心的临时革命根据地，领导陇南苏维埃运动。

⑯特色举旗绣河山，《中国共产党陇南地区大事记》载：时任中共中央总书记一行16人于1985年10月3日至5日到陇南文县、武都、康县、成县视察，在听取了地委负责同志汇报工作后，欣然挥笔书写了"种草种树、振兴农牧，多种经营、以工致富"的题词。

陇南换新颜（十首）

一

三秋弹指一挥间，千古陇南换新颜；
灾后重建创奇迹，瞬间跨越二十年。
深援陇南快速度，三年任务两年完；
广厦高楼丰碑矗，八一①中学万古传。

二

深援农房②千万间，平顶砖混栋栋连；
基础设施全配套，搬迁农户笑声甜。
原址建房有特色，砖木人梁气不凡；
大气宽敞脊挂瓦，全村绿化独领先。

三

乡村学校耸高楼，宽敞校园景色柔；
绿树草坪体育场，教学实验已无忧。
全新面貌数医院，群众就医不用愁；
老幼皆知深圳建，陇南儿女颂千秋。

四

部委援建重点县，援建项目万万千；
工程快上抓质量，大工告竣捷报传。
红会成员来选址，华夏儿女血脉连；
建成医院竖博爱，中华人民携手牵。

五

全国党员献爱心，两委楼房面貌新。
活动学习有场所，春风化雨在育人。
村级组织最关键，带领群众拔穷根。
振兴乡村朝前走，干群携手心欢欣。

六

四级路网重修建，客货运输大提高。
铁路③施工赶节点，裁弯取直架新桥。
航空正在修机场，三纬彩图精心描。
昼夜施工在一线，届时大地更娇娆。

七

工商企业大发展，国企民营效益增。
景点景区④全修葺，游人驻足交口称。
石刻彩绘追昔日，生物措施提功能。
重建之后成果显，旅游景点全提升。

八

九座县城九颗星，九星异彩气象新。
高楼广厦排行队，参差拔地如森林。
城市建设臻完善，河湖玉带向前伸。
凭栏竹树水中映，异草奇花五彩纷。

九

城市新桥架南北，公园广场生春晖；
有序市井人气旺，绿树成荫百鸟飞。
水上县城最特色，深援项目硕果累；
华灯初上夜明秀，人在画中望燕归。

十

援建开创新时期，丰碑镌刻深陇情；
无疆大爱军民写，重建城乡上水平。
县市布局效果好，霓虹碧树迎远朋；

游玩吃住赏景色，四季如春物产丰。

注释：

①八一：由兰州军区直接援建的武都区安化八一中学，投资8000多万元，已交付使用。

②深援农房：深圳援建文、武、康三县农村居民住房，主要是整村异地重建。

③铁路：指兰渝铁路。

④景点景区：山水风光景区，洋汤天池、晚霞湖、官鹅沟、阳坝梅园、万象等。历史文化景区，西狭、鸡峰山、祁山堡、杜甫草堂、哈达铺纪念馆。

风物陇南（四首）

春

麦苗三月荡碧波，岸柳成行菜花黄；
碧口茶园连天际，顶芽举珠茗飘香。
樱桃晶亮喜鹊叫，红果叶枝随风扬；
红杏琵琶色泽艳，"五一"前后抢市场。

夏

初夏小麦遍山黄，山花烂漫溪水潺；
平畴山野种椒树，夏至风吹红万山。
青果核桃遍山冈，大黄半夏叶田田；
热风夏雨蝉鸣唱，一水三江生紫烟。

秋

水稻初秋荡金浪，荷塘月色送晚香；
红芪纹党杆叶萃，绿叶穗花吐芬芳。
苹果迎风露笑脸，柑橘石榴染秋霜；
三江一水皆橄榄，金叶紫果抖风光。

冬

岷山瑞雪兆丰年，露地蔬菜品种全；
江水清清似彩带，润泽桑园灌农田。
玉兰桂树四季翠，竹海蕉林绿万山；
秀美山川游客爱，陇南物产天下传。

武都城区新春夜

虹桥飞架通四方，南北东西皆贯通；
街道条条平展展，星辰绿树跃水中。
霓虹彩灯绕碧树，狮舞龙飞春意浓；
夜晚烟花光明秀，江城十里虎气冲。

二〇一〇年新春夜

共勉

为庆阳市政府秘书长一行莅临陇南共勉《灾后重建志》有感而作。

视察一行越山川，酷暑季节莅陇南。
灾志修编①传体例，纂编存史著鸿篇。
金徽②美酒敬远客，龙井香茗③润心田。
快乐融融话修志，梅园④把盏笑声甜。

二〇一〇年八月六日

注释：①灾志修编，《灾后重建志》是记述灾后重建全过程的志书。
②金徽，陇南市徽县产的上乘美酒，品牌世纪金徽。
③龙井香茗，陇南市文县出产的优质茶叶，品牌龙井。
④梅园，指就餐地点，陇南宾馆梅园厅。

庆阳崛起

赠品飘香世人赞，八珍药枕美名传；
明珠八颗①耀西北，赞叹双千②换新天③。

油海煤田铺富路，能源化工独领先；

腾飞揽月指日待，天上银河照董塬④。

注释：①明珠八颗：七县一区的发展犹如耀眼的明珠。

②双千：年生产原油1000万吨，年炼化成品油1000万吨。

③换新天：市区由原来的15平方公里发展到今天的40平方公里，街道笔直、绿树成荫，工业园区排列有序，城市面貌一新。

④董塬：指董志塬。

沁园春·采撷油橄榄鲜果

彼此呼应，犬吠鸡鸣，热闹上庄。
望出庄队伍，掌灯照路；携带工具，茶水干粮。
车载人背，肩扛担挑，欢快匆匆上小梁。
山野静，看梁弯橄榄，赤紫蓝黄。

秋风阵阵枝扬，看鲜果随风放彩光。
瞭拽枝张臂，捋收鲜果；水灵浆饱，落满竹筐。
粒粒琳琅，五光十色，采果人群喜气洋。
赏秋景，收获金灿灿，梦圆小康。

二〇一〇年十月

登景山有感（二首）

一

翠柏苍松绣景山，枝繁叶茂拨云端；
登极"万春"瞭南北，紫禁泱泱气不凡。
襟水枕山好风水，故宫风水天下传；

天安城楼最壮美，屹立东方看变迁。

二

四海九州仰望您，落天街道望眼穿；
碧波绿树添美景，黄瓦红墙讲皇权。
张臂天桥揽人海，华灯高耸贯六环；
霓虹灯影互交汇，人海向前笑声甜。

二〇一〇年十月六日

赴北京参加全国《灾后重建志》初稿撰写培训

吾到香山①来参会，正值红叶染层林；
志修撰写人员到，修纂交流体例新。
镌刻功勋重彰显，救灾重建史长存；
求实严谨编灾志，月异日新数农村。

二〇一〇年十月十八日于香山宾馆

注释：①香山，即香山宾馆，参会的四川、陕西、甘肃人员下榻地点。

沁园春·采茶

三月裕河，微雨煦阳，春意盎然。
望云开视野，山花竞放；茶园吐翠，起舞蹁跹。
大地为民，奉献珍品，结伴人群去茶园。
人欢笑，树上鸟儿叫，靓女提篮。

茶园接地连天，紫气润泽龙井毛尖。

看茶园深处，姑娘小伙；采摘鲜叶，挪步朝前。
左采右掐，舞袖飞指，午时竹筐茶溢边。
春蝉闹，示意春光好，日正中天。

二〇一一年三月

拜祭忠魂

二〇一一年十二月中旬，我去兰州开会，因宕昌两河口冰雪阻道，绕道舟曲峰迭，上铁尺梁到岷县，途经腊子口红军纪念碑，下车拜祭红军腊子口战役纪念碑。

上兰绕道腊子口，战役丰碑矗林中。
昔日红军洒热血，关前隘口血染红。
前仆后继开天地，北上抗日缚苍龙。
拜祭忠魂天降雪，泪流捧雪仰长空。

二〇一一年十二月十八日

茶农备篾具

明前春雨贵如油，膏乳场场润枝头。
划篾茶农编篾具，一芽冒顶忙采收。

二〇一二年二月

泉水叮咚

双手采茶手腕转，一芽一叶飞竹篮。
午时鲜叶箩筐满，净手小溪饮山泉。

同伴坐埂吃午晌，泉水叮咚弹琴弦。
漫山新翠闻鸟唱，远瞭茶园嵌林间。

二〇一二年三月十日

去碧口李子坝

涧溪浸青苔，知了报春来。
日照茶园亮，风吹云雾开。

观李子坝茶园

茶茏平展展，茶园绕梁弯。
绵绵早来雨，枝嫩吐尖尖。
新蕊顶珠玉，茸茸抢明前。
姑娘飞巧手，嫩叶落竹篮。

二〇一二年三月二十二日

李子坝春光

二〇〇九年早春，我与几位同事一起去该村调研重建家园、茶产业发展、生态修复而作。

晨光湿气生云烟，悠适氤氲飘东南。
横岭侧峰薄纱绕，山花野草看燕翻。
春风无尽暖大地，苏醒蕊芽赶明前。
绿叶连天碧似海，早春翠蕊换丰年。

第五章

退休生活

拜祭红军腊子口战役纪念碑（二首）

一

专赴天险腊子口，丰碑矗立林海中。
当年红军为理想，血洒峭壁染白龙①。
隘口关前②拼血刃，舍身忘死战旗红。
岷山千里埋忠骨，拜祭丰碑吾鞠躬。

二

腊子口隘耸江北，白龙江水流向东。
诉说隘口鏖战事，月暗夜黑我进攻。
攀峭投弹瞄敌堡，枪炮齐鸣万炮轰。
顽敌落魄夜逃遁，英烈垂史永敬崇。

二〇一二年三月

注释：①白龙：指白龙江。
②隘口关前：指白龙江北岸的腊子口天险。

参观哈达铺红军长征纪念馆（二首）

一

瞻仰哈达长征馆，凝眸岁月万里篇。
工农红军为信仰，弹雨枪林挽狂澜。
野菜草根充饥腹，单衣草鞋爬雪山。
蓑衣①褴褛挡风雨，草地断炊夜难眠。

二

腊子口前战犹酣，转危为安见新天。

季秋来到哈达铺，筹款参军笑开颜。

艰苦卓绝创奇迹，红旗漫卷上延安。

人民铭记哈达铺，万里长征加油站。

注释：①蓑衣，用草或棕毛制成的防雨防潮衣。

参观甘肃会宁中国工农红军会师楼

肃然仰望会师楼，革命精神涌上头。

马列主义播火种，井冈红旗唤九州。

三军会师聚力量，万众一心灭日寇。

南北军民刀枪举，东方抗日报深仇。

二〇一二年五月

明前采茶

枝条千万萌玉翠，新荟尖尖沐风吹。

晨起一芽午添叶，披星采撷早泡杯。

明前雀舌①争分秒，脚步人语惊鸟飞。

少女手舞低吟唱，提篮羊角戴月归。

二〇一二年早春

注释：①雀舌：像麻雀舌头大小的鲜嫩茶叶，是加工甘肃陇南特级"御泽春"香茗的原料。

晨叶午汤

泥土润酥催茶长，原由春雨连三场。
卯时新蕊举珠玉①，晨已采撷午泡汤。

二〇一三年三月

注释：①珠玉，新叶尖尖上举时带的露珠。

清平乐·初夏赏黄瓜

品茗闲望，小院瓜秧壮。
带刺顶花爬架上，雨露润泽疯长。

春风摇动翡翠，水灵鲜嫩下垂。
清早饮茶闲眺，不时燕子剪飞。

二〇一三年四月

清平乐·散步

清晨小暑，纪念园散步。
话匣子伴吾行路，瞬间时光正午。

芭蕉叶盖长廊，凭栏乘坐歇凉。
遇友闲聊花絮，开心无束话长。

二〇一三年六月

观裕河茶园采茶

茶园鳞次翻山梁，微雨轻云漏斜阳。
桃杏花繁村庄染，挎篮身影皆姑娘。
左撷右采似歌舞，一叶一芽飞箩筐。
鲜叶午时运山下，媪童箪食送壶浆。

观孙家湾黑娃土法炒茶

铁锅土灶柴火旺，蒲草简篷立村旁。
鲜叶入锅手翻炒，高温热浪十指烫。
炒茶灶火最关键，杀捻揉捏茗飘香。
手法娴熟工序到，银毫凉篾沐月光。

裕河孙家湾廊檐赏春

茶园日照伸林墙，鸟唱蝉鸣闹春阳。
水洗长空飘薄绢，清泉碧水润山乡。
蝶飞燕舞廊前绕，制氧茂林榫卯房。
山野膏腴生百宝，芭蕉玉扇摇风光。

春到裕河八福沟

八福春景放眼收，绿海碧波难望头。
烂漫山花竞争艳，青苔芳草锁溪流。

清泉瀑布琼花吐，泽润河山永不休。
晨起季春空气好，飞翔百鸟亮歌喉。

二〇一四年春

石门小院春色

小院植花七八株，春风和煦剪彩图。
随风蕉叶摇玉扇，棠棣紫荆蕊绽出。
日暖天晴月季艳，榴花抱朵红不俗。
六旬已满回乡看，清净心闲眉展舒。

二〇一四年春

品茶

洁杯鲜水泡龙井，浮水香茗把队排。
斟水浸泡翻碧浪，饮闻细品香味来。

二〇一五年四月二日

约友游公园

絮花嫩叶裹青桃，老友结伴去逍遥。
王沈长廊要歇凉，道旁新笋一丈高。

二〇一五年四月五日

沁园春·春到裕河（二首）

一

水沐裕河，草木荣荣，荡漾春潮。
望茶园林海，蹁跹起舞；连绵不断，烟浪飘飘。
晨雾莺歌，唱出灿烂，洒满阳光竹树高。
山花艳，树下猴跳窜，跃树折梢。

风光诱人俊俏，国宝大熊猫在撒娇。
赏珙桐稀树，白鸽跳跃；红豆楠木，沐浴扶摇。
橡栎紫苞，枝繁叶硕，风起吹拂卷绿涛。
吾近看，橡花撒农院，喜鹊飞校。

二〇一五年春

二

美丽裕河，植物圃园，动物天堂。
望绿涛似海，连绵川陕；溪流河水，清澈鱼翔。
稀树奇珍，山中随见，物种多样美名扬。
抬眼睹，看金丝猴乐，垂吊臂张。

竹林繁茂水长，国宝大熊猫身影藏。
偶见鸽子树，白花似鸽；金丝楠木，峡谷排行。
樟树郁苍，根深叶茂，杆翠挺拔气味香。
斜望处，午阳映瓦舍，烂漫春光。

二〇一五年春

夏日散步（二首）

一

龙井苦瓜泡山楂，既能降糖又解乏。

夏天散步焉能少，柳荫歇凉自品茶。

二

手指触摸视屏，气温预报攀升。

外出防暑重要，散步焉少水瓶。

二〇一五年夏

沁园春·观裕河金丝猴

大美裕河，满目青山，秀色致饶。

看绿波碧海，连天接地；清泉瀑布，气爽云高。

丽水秀山，熊猫光顾，金丝猴奔跑呼嚣。

一遛焰，望橡林山谷，猴跃互超。

望山猴子呼号，群猴动骚攀树扯梢。

看数只猴子，千姿百态；扯腮咬耳，盘坐抓挠。

互打抓毛，雄猴狂奔，咧嘴龇牙耍狠招。

瞧场面，哨猴发猴语，猴入林涛。

二〇一五年秋

早春游东江湿地公园

慢步公园赏春景，清新空气扑鼻来。
蜡梅出叶花凋谢，月季海棠竞绽开。
岸柳侧旁芳草碧，海葵摇叶行队排。
争鸣百鸟竞歌唱，日暖风和满胸怀。

二〇一六年早春

惊蛰郊外游记

酷暑严寒岁无，慕名游客惊呼。
青山镶嵌绿水，雨水①风光独殊。
柳绿桃红阡陌，野田四季果蔬。
气候无与伦比，物阜宜居武都。

二〇一六年惊蛰

注释：①雨水：节气。

清明游湿地公园

节气清明飘雨，棕扇抖珠起浮。
雨阳午后金盅，鸟语唱红天竺。
竞放蔷薇似火，含苞月季紫朱。
绣球染红绿草，硕叶玉兰闲舒。
椰树伸枝沐浴，朱鹮飞过啼鸪。
枇杷碧叶扶果，山杏脸红笑出。
仰望黄梅止渴，漫游花间柳拂。
天蓝水碧云淡，街巷红花染涂。

二〇一六年清明

咏啄木鸟

冠羽尖喙像洋镐，咚咚咚咚满树敲。
觅虫除害治病树，每每饱餐虫难逃。
枯木逢春发新叶，花衣天使有功劳。
天天忙碌显身手，果树森林叶满梢。

二〇一六年八月

咏《王老集锦》（二首）
——为王老赠吾《时政要文楹联诗词谜语歇后语轶事》集锦有感

一

先生集锦六十万①，博采精华纂成篇。
光彩鲜活又生动，图文并茂仰先贤。
名人轶事开眼界，时政要文忆当年。
诗意楹联文独秀，雅俗共赏心中恬。

二

胸怀夙愿编集锦，竞放百花独匠心。
学海书山聚荟萃，时空穿越选美文。
星河光灿跌宕起，秋月春花论古今。
手捧锦书不释卷，品读修身耳目新。

二〇一六年九月

注释：①六十万，《集锦》文字共六十万字，其中收录林阔诗歌十五首。

沁园春·随乡亲采收油橄榄果

月亮西垂，狗叫鸡鸣，热闹山乡。
看采撷群众，提灯牵马；畜驮车载，梯架箩筐。
人背肩挑，干粮茶水，笑语欢声到土梁。
抬眼看，绿树珠宝锁，青紫绿黄。

风吹橄榄枝扬，绿枝串鲜果竞放光。
看青年攀树，少年枝拽；采摘时刻，相互搭帮。
鲜果留芳，赤橙黄绿，收获金秋向小康。
举目探，那满山金果，百姓银行。

二〇一六年秋

上北京（二首）

二〇一六年九月二十二日，女婿、女儿、孙女陪我上北京做第二次眼睛手术。

一

一家四人上北京，乘坐火车正顺风。
无奈晴天又霹雳，诊断网脱血管生①。

二

爱孙腹泻发高烧，李想星星心更焦。
吾做手术备药品，雨天赶车把罪遭。

二〇一六年九月二十六日

注释：①视网膜脱落，眼底新生血管。

117

再上北京（四首）

二〇一六年十一月十八日妻子陪我上北京做第三次眼睛手术。

一

左眼网膜又脱落，病魔灾降向谁说。
忧伤疼痛食难咽，右肺不张起风波。

二

满眼愁云去北上，寒风凛冽雪花扬。
吾妻和善又聪慧，化险为夷有主张。

三

夜半三更气温降，病房窗外雪落房。
陪员妻子隔窗瞅，晨起背寒脚手僵。

四

走廊薄被小矮床，脚手哪能不冻僵。
裹被合身难保暖，受寒挨冻充坚强。

二〇一六年十一月二十四日

妻子外出买水饺（二首）

一

过街穿巷踩霜冰，寻觅餐厅到西京。
羊肉青菜水饺馅，饭盒包裹快步行。

二

冒雪顶风到烽联①，解包揭盖香气喷。
皮薄馅饱味新鲜，食欲大增真舒心。

注释：①烽联，指医院旁的烽联宾馆。

在病榻（二首）

一

昼夜就寝需匍卧，原因手术粘网脱。
细菌灰尘易感染，护士灭菌好处多。

二

匍匐姿势卧病床，黑夜白天把眉撑。
喝水用餐互换手，顶眉忍疼想余生。

二〇一六年十二月二十日

出院入院（三首）

一

出院卧床又十天，体虚高热还咳痰。
白天黑夜难入睡，妻制棉垫顶眉间。

二

换乘车辆到武都，寸步挪动靠挽扶。
回到家中天地转，死神召唤命玄乎。

三

星夜赶往市医院，呼吸急促冒虚汗。
扫描肺部出结果，右肺不张有块斑。

二〇一七年元月八日

自悟（二首）

一

吾身一世多灾患，有眼苍天耍刁蛮。
掩泪妻儿扮脸笑，装腔作势报平安。

二

刚满四十家遭难，前妻慈母离人间。
而今吾染多疾病，妙手回春在哪天。

二〇一七年元月二十日

登山海关城楼（二首）

一

午到秦皇岛，乘欣登上楼。
近观海浪起，远瞭长空鸥。

二

山海嘉峪两雄关，长城万里东西连。
匈奴羌满拒关外，昔日守军控中原。

北戴河观海（二首）

一

海鸥远影碧空尽，载客游船破浪行。
巨浪排空气势大，铺天盖地游人惊。
退潮瑞玉海滩去，拣贝刨沙踏清滢。
吾眼患疾怕光刺，凭栏闭目养眼睛。

二

水天一色连成线，万里海疆水光蓝。
海燕飞翔放眼望，携风海浪掀衣衫。
白浪滔天碣石盖，海鸥飞起向云端。
北方游客开眼界，大海风光好壮观。

二〇一七年五月上旬

登龟山

数人结伴登龟山，信步观光漫游玩。
乘兴吾妻奔山顶，高山仰止挡眼前。
拐弯遥望视野阔，俯视鹤楼气不凡。
武汉高楼拔地起，鹤楼依旧耸楚天。

登黄鹤楼

七十年代登鹤楼，仰望长空鹤声鸣。
今日鹤楼吾重上，高楼林立挡眼睛。

碧空远影难瞭望，绿树近听鹦鹉声。
武汉持续大发展，新元盛世唱太平。

二〇一七年五月上旬

纳凉

夕阳西下去纳凉，板椅树荫排两行。
星月管弦参差起，随风蕉叶留清香。

二〇一七年七月二十日

沁园春·收看中国人民解放军
建军九十周年天安门广场阅兵实况

丁酉八一，检阅三军，万众庆欢。
望战鹰飞舞，首都天空；彩虹装点，拼字空翻。
九〇八一，欢呼惊喜，银燕翱翔又冲攀。
跷拇指，吾强大空军，守卫蓝天。

阅兵实况观看，聚科技军威壮空前。
瞩受阅方队，英姿飒爽；威武披靡，壁垒森严。
重器利箭，核常兼备，掌控指端天下安。
好霸气，瞧万众一心，智勇双全。

沁园春·八一阅兵

庆祝八一，首次阅兵，旗帜鲜红。
看三军将士，精神抖擞；步伐豪迈，气势如虹。
兵种全新，攻防一体，统帅挥手将士中。
嘱托过，行进致军礼，绝对服从。

三军来自工农，硝烟战火中立新功。
忆南昌枪响，会师井冈；雪山草地，陕北窑洞。
抗日建功，敢打必胜，长缨万丈缚苍龙。
苦求索，敢改天换地，屹立于东。

沁园春·再观二〇一七年
八月一日天安门阅兵

方队雷霆，将士蓬勃，斗志昂扬。
看尖端武器，引人瞩目；国人赞叹，威慑安邦。
北斗天眼，互传信息，立体全域能攻防。
谁挑战，望军姿气势，铁壁铜墙。

歼轰挂弹巡航，航母核潜捍卫海疆。
忆南昌起义，初创军队；井冈竖帜，慑震八方。
敌人哭丧，蒋家王朝，风雨飘摇被埋葬。
换人间，人民写历史，华夏盛昌。

满江红·观天安门广场大阅兵

广场阅兵，看方队，铁流滚滚。
军威壮，战鹰升空，长机指引。
拼字飞图展空技，"八一""九〇"①民振奋。
步铿锵，雪刃闪寒光，兵列阵。

坦克跑，装甲奔。
全域网，真锐敏。
外敌敢侵犯，盾箭瞄准。
核导核潜②制恶势，歼轰挂弹机身隐。
敢较量，侵入葬汪洋，难逃遁。

二〇一七年八月一日

注释：①"八一""九〇"，指空军表演队飞过天安门广场上空飞行的图案和所拼的字样，展示了飞行空技。"八一"指八一建军节，九〇指建军九〇周年。

②核导核潜：核导弹，核潜艇。

沁园春·主席八一阅兵

旗帜飘扬，鲜艳光明，光耀日出。
望战鹰标识，"九〇""八一"；蓝天镶嵌，驾雾画图。
受阅方队，雄姿豪迈，统帅挥手望眼瞩。
同志们好，听将士宣誓，为人民服务。

八一旗帜独树，工农武装如火如荼。
忆会师井冈，传承接力；长征抗日，伐寇讨诛。
反蒋谋福，党指挥枪，地覆天翻世界殊。
传捷报，永载华夏史，屹立寰宇。

沁园春·观看二〇一七年八一建军节阅兵实况

八一建军，广场阅兵，鼓角劲催。
看三军将士，戴盔披甲；雄姿英武，方队相随。
兵种全新，攻防一体，统帅阅兵巨手挥。
雄狮吼，听威震寰球，捍卫疆陲。

八一起义号吹，会井冈南昌巨龙归。
忆往昔红军，大刀索镖；星移斗转，今日部队。
核航巡回，利箭神盾，立体御敌定有为。
极目瞅，似钢铁洪流，惊叹睽睽。

沁园春·八一建军节阅兵

节日八一，广场阅兵，彰显军威。
看党旗指引，磅礴方阵；三军亮剑，披甲戴盔。
铁甲隆隆，铁流滚滚，统帅阅兵尽朝晖。
将士喊，为人民服务，听党指挥。

南昌枪响生辉，星火燎原救民救国。
忆大刀矛剑，看今重器；潜艇核导，无坚不摧。
战鹰啸飞，三纬信息，严阵以待显神威。
风采展，似云龙凤虎，势如奔雷。

二〇一七年八月一日

拜读张公首卷诗集（二首）

一

张公首卷诗集好，不释卷书读通宵。
深感笔勤舒往事，桑田养育民勤劳。
人生风雨受洗礼，白首啸歌自逍遥。
共赏诗歌互寻乐，余光诗卷心更高。

二

笔耕岁月送寒暑，烟树雨声寻梦中。
洒洒洋洋激文字，红梅裹雪迎寒冬。
修临耄耋福禄大，夜想日思颂民功。
无限夕阳自吟唱，庚戌百岁赏彩虹。

二〇一七年十月三日

拜读恩师何老《陇南归来怀友寄感》（四首）

一

恩师访陇南，秋景染河山。
里外忙接待，学生喜眉间。
笑声透夜色，细语暖心田。
在位思百姓，离职哪等闲。

二

青山带笑颜，江水绿如蓝。
故地又来访，专程做调研。

谈论到子夜，续旧夜难眠。
秋雨含暖意，恩泽润故园。

三

大益茶庄好，店员把茶泡。
洁杯水翻浪，龙井吐芳苞。
众友求勉励，恩师喜挥毫。
生宣著翰墨，墨宝香气飘。

四

拜读《陇南》吟，佳品吾眼收。
椒果油菜药，畅销五大洲。
真情书陇上，十月红叶稠。
山水演神话，佳珍遍武都。

二○一七年十月六日

附恩师何老原诗：

陇南归来怀友寄感

重来访故地，无处不开颜。城迥楼林立，山深果木繁。
煮茶怀永夜，把酒话当年。真挚情如旧，谢忱微信传。

谨以聊表谢忱

拜读何老《谢林阔、瑞玉自武都专程来兰看余》有感（三首）

一

正值大雪①风霜寒，越岭翻山到尊前；
叙旧当年人和事，何公在武恩如山。

二

初见至今四十年，光阴荏苒难复还；
劝学鼓励今难忘，教诲暖流润心田。

三

金城送别浮眼帘，静气平声祝万安；
挥手登车抹泪水，隔窗呼喊再来兰。

二〇一七年十二月九日

注释：①大雪，节气。

附何老原诗：

谢林阔、瑞玉自武都专程来兰看余

远行千里不辞劳，几度风霜意更高；
抱病还来诚感动，人情犹见在冬霄。

谨以送别并祝健康快乐！
二〇一七年十二月八日五时

恩公深情为我修改《冬安》

手捧《冬安》喜空前，仰头北望月儿圆；
修辞动字显灵性，妙笔生花气不凡。
寓意传神好韵律，远隔峻岭梦萦牵；
恩公主政数十载，造福爱民为陇南。

二〇一七年十二月二十日

敬谢何老赠吾《吟梅轩诗词》感

漫天飞雪小寒①早，我捧赠本《吟梅轩》；
品读诗词暖如煦，文德厚重独领先。
古诗兴写创新意，摇动木铎动地天；
佳句名诗炙人口，《吟梅轩》卷争相传。

二〇一七年十二月二十二日

注释：①小寒：节气。

敬谢何老《戊戌新正拜年寄语》
（二首）

一

爆竹烟花喜迎春，旺旺晨吠太阳红；
吾在陇南做好梦，青山绿水游太空。

二

雨润阶州紫气兴，戊戌新正天地明；
重读《寄语》心里暖，绽放红梅唱太平。

附何老原诗：

戊戌新正拜年寄语

红梅绽放喜迎春，贺岁今朝日月新；
一刻千金来好梦，拜年唯愿福无垠。

谨呈新春愉快，旺年吉祥

拜读何老
《戊戌新正十五月圆金城夜望》有感

品味新诗泪流面，写圆望月心犹寒；
进言何老挥巨笔，泼墨挥毫写新颜。
天界银河悬日月，人生风雨有甘甜；
念怀如梦犹铭在，觉晓春来鸟唱天。

附何老原诗：

戊戌新正十五月圆金城夜望

依旧年年竞夕游，东风漫卷彩灯稠；
满街夜放花千树，一水中流浪九州。
月到圆时人尽望，春来觉晓梦犹留；
销魂最是无情恼，欲寄新诗何处收！

谨敬元宵节快乐，人月共圆，幸福长久。

戊戌新正十五去东江水公园

江水绿如蓝，野鸭戏水边；
红梅灿烂笑，新草举珠弯。

戊戌正月十五观社火

锣鼓喧天人头动，唱腔吭奋气如虹；
戏船荡桨管弦奏，狮舞龙飞上太空。
纬地经天情奔放，欢声笑语天地红；
星稠月亮歌再起，追梦人民心相通。

为何老《赋此寄感》（二首）

一

透亮晶莹细挑选，樱桃《寄感》浮眼前；
阳春三月第一果，鲜果吾携来上兰。
岁岁春阳吾遥望，《吟梅轩》室胜桃园；
大德立仁身体好，切盼问安睹慈颜。

二

白花黄蕊历冬寒，谷雨娇娇满树繁；
红润亮晶争上市，吾携鲜果翻崇山。
第一鲜果汝先品，往返途中心自安；
吾体欠佳更犯困，焉能饮水不思源。

二〇一八年三月二十八日

附何老原诗：

林阔同志专程来兰送武都樱桃并当日返回赋此寄感

千里陇南一日行，只缘心在感恩情；
樱桃虽小义犹重，忘却新凉见至诚。

谨致谢

仁德文华拜读何老《退休十载随感》

暑往寒来整十年，《吟梅轩》室未等闲；
斜阳风雨生情景，诗书伴汝共婵娟。
诗海砚田汝树帜，清心高雅行海天；
涂鸦二字太谦让，横溢才华纳百川。

林阔谨呈赐教

二〇一八年五月二十八日

附何老原诗：

退休十载随感

退居十载务诗田，老至殷勤风雨怜；
信手涂鸦君莫笑，不图名利乐余年。

谨呈请正！

二〇一八年五月二十八日

133

拜读恩师《退休十载再感》所思

畅谈闲侃在退休，缥缈虚无任自由；
时效口禅早远去，只留耳顺忆岁稠。
遛弯结友常小聚，静坐长廊听鸟啾；
仰望长空尽天碧，视屏手触游寰球。

附何老原诗：

退休十载再感

人生能得几时闲，退后方知天地宽；
万事无关禅入静，从容淡定心自安。

再呈清正

吾退休五年记

《归田园居》写思想，原野鞠耕泥土香；
田土尔汝无一垄，焉能戴月理豆秧。
星出散步向家走，甩袖闲侃徒步忙；
道口拜拜明晚见，陶潜诗作永留芳。

二〇一八年五月二十九日

土法杀青

土法杀青靠薪火，入锅鲜叶散芬芳。
绿条杀好笤帚扫，簸箕提前备灶旁。

膝跪腰弓揉茶饼，揉搓松饼细品尝。
入锅再用小文火，慢火提温茗飘香。

土法炒茶

土法炒茶凭手眼，薪柴烧火锅底红。
入锅鲜叶双手搅，烫手茶温气浪冲。
搅抖筛撒显绝技，揉搓晾晒观茶茸。
簸箕盛茶沐星月，香气随风弥山中。

二〇一八年五月二十九日

退休散步拾趣

风雨无阻量路程，随身音乐唱哼哼。
天蓝水碧任眼望，散步遛弯遇旧朋。
触景生情拾片语，打开手机草记成。
东拉西扯先凑句，拙句草成自吟听。

二〇一八年六月二日

天净沙·夏末游青海湖

绿草起涛连天，海风击水拍岸，俯看湖光尽览。
道中经幡，祷告游客平安。

二〇一八年七月二十六日

游土木栖佛殿

天道佛恩有良缘，凤凰右翼^①飞江边。
奠基吉日周公卦，斗拱飞檐鲁班传。
殿宇廊柱超二丈，紫红琉瓦金光灿。
江天处暑织锦绣，妙妙佛音绕空旋。

二○一八年九月九日

注释：①凤凰右翼，相传擂鼓山由凤凰坐化生成，左翼在白龙江畔的
渭子沟口；右翼伸展到白龙江与清水河交汇的烟墩沟。佛殿建在右翼中段，
东瞭看到武都城，西望看到角弓镇，东西视野开阔，即可望日出日落，又
观白龙江东去西来。

沁园春·陇南秋韵

生物繁多，物产丰饶，首数陇南。
眺梁峁盆地，野田水坝；稻菽翻浪，秋黍腰弯。
微雨煦阳，画笔涂抹，五谷秋果更斑斓。
赏秋色，看江山如画，陶醉自然。

秋阳温暖山川，汗水浇灌金山银山。
瞧苹果红亮，露珠润佼；满山遍野，橄榄装点。
椒药壮观，山川覆盖，川坝蜿蜒到天边。
仰天界，望高山绿茶，缈缈云端。

二○一八年秋

沁园春·陇南之秋

大美陇南，绿水青山，大地芬芳。

望三江一水，流光溢彩；坡峁山地，秫黍粒藏。

河谷川田，稻菽金灿，橄榄成熟着紫装。

吾尽览，画中秋景好！原野人忙。

秋阳温暖八方，特色农业由大做强。

看柑橘笑脸，苹果红艳；芪椒遍野，四处飘香。

致富山庄，村民称赞，农特发展追太阳。

乡村变，感恩党领导，富裕安康。

二〇一八年秋

赞黄梅·湿地公园游记

杨柳桑榆叶凋零，溪流池水已结冰。

北风呼啸雪飘过，傲雪黄梅夺先声。

蕾顶薄薄裹白雪，口开含笑游人停。

驻足观赏黄梅蕊，金甲满身报春明。

二〇一八年十二月二十八日

赞红梅·戊戌年小寒晨去武都东江湿地公园所见

杨柳桑榆叶凋落，红梅绽放最高傲。

凌风抖雪仰天笑，朵朵红花把志托。

挑战酷寒无伦比，雪霜沐浴更活脱。
潇潇洒洒报春晓，诏示南北闹春播。

二〇一九年一月五日

咏红梅

红梅腊月初露头，风雪吹拂花蕾红。
三九严寒傲霜雪，百花拥簇笑丛中。

二〇一九年一月二十八日

祭忠魂·沉痛悼念郭启、王佛军①烈士
（四首）

一

柳絮杨花三月天，英雄魂魄回陇南。
悲伤哀乐低声奏，遗像佩纱挂眼前。
翠柏苍松肃立起，白龙江水在呜咽。
花圈人海祭英烈，挽幛白花抚长眠。

二

赴汤蹈火不怕险，壮举震惊天地间。
淬火纯钢自锻造，消防救火冲在先。
义无反顾扑火海，抢救森林你遇难。
郭启佛军归故里，英名千古重泰山。

三

时代英雄人赞叹，森林救火永长眠。
献身骄子树榜样，夙愿森林绿满山。
父老乡亲秉遗志，造林植树染河川。
星移斗转岁月去，告慰忠魂林海蓝。

四

凉山林海遭劫难，突降惊雷山火燃。
烈火浓烟传命令，佛军郭启冲向前。
争分夺秒扑烈火，捆缚火龙践誓言。
勇士为国洒热血，国人怀念泪飞帘。

二〇一九年农历三月初三

注释：①郭启、王佛军，生前系甘肃省武都区人，在消防部队四川凉山支队服役，2019年3月在扑灭凉山森林火灾中牺牲。

拜读恩师^①
《七五初度二首》有感

一

吟诗洗砚六十载，漫卷墨香天外来。
日月乾坤跃宣纸，笔端妙趣生花开。
诗词书法世人赞，硕果累累晚秋摘。
万莫自责太过谴，恩师学识显旷才。

二

鞠耕陇南数十年，勤政爱民美名传。
身影足迹留阡陌，山山水水寻甘甜。
而今陇南迈致富，"十小"^②奠基开新篇。

陇南出彩③怀旧岁，恩师铺路走在先。

二○一九年五月二十六日

注释：①恩师，即何老。

②"十小"，1980年，武都全面实行家庭联产承包责任制后，引导农民发展小椒园、小药场、小橄榄园、小桑园、小橘园、小林场、小菜园、小作坊、小养殖场、小砖瓦厂，培养发展加工运输企业。这些"十小"产业以后演变总结成"四个一"，最后发展壮大为今天的特色产业。

③出彩，陇南因油橄榄、花椒、中药材、茶叶出名，因地制宜地发展各种特色产业而脱贫致富，红遍全省全国。

附何老原诗：

七五初度二首

一

绦临七五惘回头，风雨飘摇唱晚秋。
自顾夕阳来已暮，空知早岁去难留。
体衰多病思还盛，才拙少诗勤可酬。
身世悠悠何足问，余生渺渺未须愁。

二

空怀往事叹龙钟，万里关山度夕峰。
退后余光诗卷里，思前烟树雨声中。
人生老至愁多病，尘世少时何怕穷。
百首啸歌寻回梦，乡音无改饷清风。

谨呈指正

二○一九年五月十五日午时于金城

白杨坪①（二首）

赠诸同事。

一

溯水西行白杨坪，苍苍林海溪流清。
林区昔日机器响，油锯斧刀难休停。
便道集材上山冈，穿梭车辆喇叭鸣。
夺旗超采干劲大，两度春秋念友情。

二

专程寻访茶岗来，枯木藤蔓扶径台。
往日球场留痕迹，杜鹃芍药朝天开②。
禁伐天保倡绿色，绿水青山无尘埃。
走兽飞禽皆器闹，烟波林海美壮哉。

己亥年七月十日

注释：①白杨坪，舟曲县插岗乡所辖。森林属白龙江林管局舟曲局国有资源，由舟曲林业局插岗林场管理采伐。

②杜鹃芍药朝天开，高山杜鹃花和芍药同在5月开花。

己亥重阳有怀（二首）

一

飞鸟相还夜幕临，六八吾到聊古稀。
低吟高唱一路走，欣喜忧伤讨苦吃。
半月初升云雾罩，妻病母故父患疾。
苍天无眼降灾祸，吾选低头去偃旗。

二

四十三岁退一线，育女侍妻挤时间。
赛跑夺冠一刹那，焉能允汝去等闲。
盼妻病愈幼女长，手捧亲人望晴天。
错过时光人已老，滴汗流泪求平安。

二〇一九年重阳

日月山赏景

日月山腰观野景，菜花麦浪连雪山。
海风卷浪洗长空，玉液风吹撒湖边。
极目长空无氛垢，经幡飘动飞海燕。
山川云朵似梦幻，芳草雪峰绣草原。

二〇一九年八月六日

梦圆

慈父笑容梦中见，亲吾快乐在童年。
手托我体搂怀里，吾啃父亲腮额甜。
互乐开心父无语，梦中初醒冒虚汗。
放声恸哭唤爸爸，老泪纵横把梦圆。

二〇一九年八月十四日

雨中独行

云遮雾罩月难见，阴雨绵绵已数天。
己亥恰逢中秋到，女儿又不在身边。
建忠出外王北上，约友建基又上兰。
瑞玉上京满三月，雨中撑伞自寻安。
长廊避雨即歇脚，目睹耳闻好寂然。
环顾四周无人影，雨珠敲伞离公园。

二〇一九年八月十五日晚

晨读《中秋寄语》

晨吟《寄语》润心田，心念恩师月下还。
遥望玉盘看星斗，心驰神往到尊前。

二〇一九年农历八月十五

附何老原诗：

中秋寄语

梦中未许望乡还，寄语心情夜已阑。
思念难能归月下，声声问候在人间。

谨祝中秋节快乐

拜读恩师《贤内四周年祭有怀》所思

四载百年吐寸心，断肠落晖总思情。
《贤内祭怀》感天地，祭日夜雨落天明。

师母恩德吾铭记，仁慈德惠陇留名。
草花无语报春色，雨过天晴暖阳升。

呈何书记指正！

二〇一九年九月十八日

附何老原诗：

贤内四周年祭有怀

怅望秋深何处归，今来墓下泪沾衣。
百年与共空城获，四载难同愿已违。
松柏有生枝见茂，草花无语叶皆非。
多情又到断肠处，伫立墓前哭落晖。

夜零

二〇一九年九月十八日夜三时

晨起雨停吃糕点

雨声淅沥落天明，连降九日天放晴。
日照云烟初升起，隔窗鹦鹉三两声。
泡茶落座吃糕点，稻香村牌来北京。
慢咽细嚼品滋味，岁年贤内踏归行。

二〇一九年农历八月三十

满江红·拜读何老《庆祝新中国七十华诞感赋（三首）》受启观七秩华诞天安门广场阅兵

国庆阅兵，检阅人，挥手目送。
正步走！步履炸响，个个骁勇。
兵种全新全天候，利箭神盾更精准。
谁较量！折将又损兵，蠢无用。

忆井冈，播火种。
旗帜树，春雷动。
看旌旗猎猎，飙风云涌。
铁锤镰刀开天地，赴汤蹈火为民众。
岁月稠，寻路换人间，人民颂。

二〇一九年十月一日

附何老原诗：

庆祝新中国七十华诞感赋（三首）

一

开国洪声震宇寰，人民站立世林间。
五星高照山河壮，义勇进行天地宽。
两弹一星腾浪起，千山万水笑颜还。
威加海内雄狮醒，风展红旗过大关。

二

春天一曲今犹唱，巨变沧桑忆当年。
改革创新开放后，治穷致富敢争先。

145

时来摸着石头过，运转抢抓机遇前。
科技兴邦看世界，中华崛起舞翩跹。

三

礼赞煌煌七十年，长河浩浩史空前。
江山永固巨龙舞，岁月峥嵘伟业传。
务实为民开富路，清廉执政著鸿篇。
初心不忘月追梦，奋斗凯歌响彻天。

谨呈指正

二〇一九年十月一日于兰州

满江红·再观祖国七秩华诞
天安门广场夜晚群众联欢

喜庆华年，七秩满，夜空昌亮。
霓虹闪，国徽夺目，光芒万丈。
华诞七秩春秋过，党挥手劈波斩浪。
恰百年，又砥砺前行，昂首唱。

忆红船①，望井冈。
开天地，为信仰。
看今宵烟火，点燃天上。
夜空明秀似白昼，欢歌载舞心花放。
肩并肩，手挽手向前，天地昶。

注释：①红船，专用名词，难调平仄。

浣溪沙

受何老三首《浣溪沙》词作启迪，我再次观看了祖国七秩华诞庆祝实况重播节目，习添了三首《浣溪沙》。

天安门广场阅兵

威武铿锵旗帜红，中华神箭指太空，核常兼备降虎龙。
谁敢嚣张斩魔爪，三军将士好阵容，静安四海建奇功。

广场歌舞

载舞欢歌喜气洋，歌声唱彻响四方，情真意切颂小康。
庆祝华诞怀旧岁，图强民富谱华章，千帆竞发又起航。

烟花追梦

火树银花色斑斓，普天同庆胜过年，玉珠五彩镶满天。
人海欢歌闹喜庆，人民豪迈唱新篇，政通人和追梦圆。

二〇一九年十月二日

附何老原词：

浣溪沙·观祖国七秩华诞天安门广场大阅兵

看取阅兵震撼中，三军雄武战旗红，神威导弹傲苍穹。
鹰击长天翻彩燕，铁流遍地慑甲虫，维和保国仗东风。

浣溪沙·观祖国七秩华诞群众大游行

载舞欢歌方阵强，民安国泰细思量，回看七秩不寻常。
气正风清邦基稳，山青水绿碧天长，千帆竞发启新航。

浣溪沙·观祖国七秩华诞天安门广场联欢活动

五彩烟花不夜天，万家歌舞庆团圆，人民幸福胜于前。

祖国明天更美好，神州今日继先贤，用心奋斗小康年。

谨呈指正！

二〇一九年十月二日于兰州

为赵、孔二友四十二周年后回武都探友
（二首）

一

四十二年弹指间，各奔东西忙炊烟。
互有信息相牵挂，原于林海结友缘。
今天老友阶州聚，喜笑颜开抢寒暄。
岁月蹉跎皱纹长，高谈阔论忘稀年。

二

己亥立冬天转寒，天泉探友赶陇南。
崇山峻岭踩脚下，神往心切故乡还。
突见久别倍亲热，频频举盏忘霜鬓。
佳肴美酒好品味，闪烁霓虹酒气醺。

二〇一九年十一月十四日

和愚夫《流年叹》

晨青暮雪叹匆匆，春雨秋霜勤犁耕。
四季切盼风雨顺，年关岁末享美羹。
苍天不美多变脸，旱涝雹洪难收成。
今日体倦乏无道，粗茶淡饭图安生。

二〇一九年冬月

附愚夫原诗：

流年叹

朝青暮白叹匆匆，耕犁春秋路沉沉。
少时曾思舟流顺，挂帆难离逆境中。
浅滩撒网无鱼剩，粗茶淡饭也安生。
而今体倦乏无进，不再摇橹常给羹。

二〇一九年冬月

沁园春·咏红梅

腊月寒冬，白雪飘飞，日暗风高
仅红梅傲放，斗寒战雪；风骚独领，满树吐姣。
苞裹玉珠，瓣镶白絮，独早凌寒吹春号。
驻足望，赏红梅陶醉，独鲜春标。

银花火树多娇，唤廿四番花媲艳娆。
看山茶桃李，迎春稍晚；梨花棠棣，正赶春潮。
国色美貌，谷雨盛开，难御春寒霜雪飘。
放眼量，历寒霜放蕾，昂首境超。

二〇二〇年一月二十三日

阳春访友（二首）

一

一长两短鸟啼鸣，拂面春风红雨飞。
近观池塘鱼戏水，蝴蝶竖翼吸花蜜。

二

杨柳婆娑日影长，刺玫艳艳笑出墙。
学舌鹦鹉人欢喜，"您好"连声哄早晌。

二〇二〇年四月二十日

清平乐·怀尹兄

为王瑞玉发来洛塘小青崖尹兄房前屋后"李子鲜果成熟图片"，推测桃李杏梨水果树属尹兄当年所植。在周年祭日填词以表念怀。

房前屋后，桃李香熟透。
色艳浆饱仍依旧，触景生情怀友。

舍南舍北果香，花红蝶舞鸟翔。
庚子祭年悲切，不时惦念思兄。

二〇二〇年七月十日

小青崖村尹兄房舍图景

岚风晨起天地明，榫卯瓦房依旧新。
几度春秋随缘去，仍说玉贵主人情。

陇南暴雨成灾（二首）

灾情

陇南降雨整八天，山体滑坡村搬迁。
山涧沟渠泄洪水，设施破坏毁农田。
暴洪咆哮江水涨，吞噬田畴村庄淹。
一片汪洋人哭泣，老人挂仗泪湿衫。

抢险救灾

多路大军①来陇南，抗洪抢险冲在先。
清淤修路保通畅，转移安置救伤员。
党政各级为百姓，精心部署谱新篇。
多方携手力无穷，十月金秋换新颜。

庚子年六月二十九日八月十八日

注释：①多路大军，有解放军、武装警察、预备役、森林警察、消防救援、公检法、公路、电信、各级党政组织及社区、街道组织的抢险突击救援队。

清平乐·晨欣读恩师为孙女晨睿①所添
《清平乐》词后分享而乐

寒窗切盼，摘冠笑容灿。
光耀门庭翘手赞，晨睿前程无限。

还需百尺竿头，好学广采博收。
拥抱书山学海，陇音惊闻环球。

二〇二〇年八月二十二日

注释：①晨睿，即何晨睿，系何老长孙。

附何老原诗：

清平乐·孙女晨睿被中国农业大学国际经济贸易专业录取

苦辛千万，北上终如愿。
荣晋黉门有人赞，看取前程无限。

学如逆水行舟，仍需奋力加油。
彼岸遥遥在望，更行更上层楼。

尘埃落定，心情难以，思绪万千，夜难入寐，聊赋俚句，谨此记之，寄语以勤兼为勉励。

二〇二〇年八月二十二日凌晨于兰州

拜读恩师《谢林阔、王瑞玉从武都专程来兰贺晨睿考取大学》感言

陇南关爱怎能忘，赶赴贺喜理应当。
难得此时逢喜事，尊前同乐意绵长。

二〇二〇年八月二十八日于武都

附何老原诗：

谢林阔、王瑞玉从武都专程来兰贺晨睿考取大学

不辞千里到金城，只为吾孙致远情。
桓水长流人有意，孤云难却此心声。
真情有鉴，诚意难忘。

二〇二〇年八月二十八日凌晨于兰州

九一八警报响起之际（二首）

一

倭寇侵中华，大片国土丧。
豺狼横四野，失土大逃亡。
驱寇十四年，全凭党领航。
军民灭日寇，南北举刀枪。

二

彊场传捷报，豺狼举手降。
中华今日盛，国泰民安康。

携手共追梦，强军作保障。
人民跟党走，旗帜永飘扬。

第二届农民丰收节志感（三首）

一

根植沃土颂农桑，五谷丰登民安康。
日月光华育稼穑，农田保护路犹长。

二

衣食父母是农民，四季耕耘倍苦辛。
硕果金秋皆收获，秋藏冬储歌吟吟。

三

水稻科技创奇迹，功勋得主袁隆平。
中秋稻浪泛金色，万户千家向复兴。

二〇一九年农历八月二十五

惦念

2020年11月20日晚，何老来电说：晚上在接上学孙子回家时摔了跤，腿受伤了，明天去医院检查。次日晨我问就诊情况，恩师说骨未伤，无大碍，也得知说话声音洪亮，情绪好而拙笔。

惊闻恩师被摔倒，事出接孙去学校；
天气阴冷又飘雪，原由踩雪脚滑跤。
学生忐忑心焦虑，夜难入眠晨起早；
通话尽知气音亮，愁云顿散索墨宝。

和慈航先生调笑令万象洞

亿年阶州畔，太古分岳奇观现。
汉王溶洞降人间，钟笋石林添彩。
仁君别过常回眷，择日再来相探。

二〇二〇年腊月初八

破阵子·向卫国戍边喀喇昆仑
陈红军①烈士致敬

喀喇昆仑铸剑，寒来暑往巡营。
守土职责永牢记，寸土必守勇壮行。
戍边保国宁。

边防线上惊险，守疆赤胆忠诚。
卫国牺牲何所惧，英雄舍身留英名。
寸心放金星。

注释：①陈红军是甘肃两当县人，生前任某部营长。

咏卫国戍边英雄

报国守边关，一去不复还。
冰雪脚下踩，戍边志如磐。
献身光华吐，胆气驱敌顽。
舍身洒热血，豪气贯九天。

二〇二一年二月二十一日

再咏保国戍边喀喇昆仑英雄（二首）

一

誓死报国守边疆，步履勘踏吾边防。
冰川雪岭脚下踩，抵御贼寇勇担当。
强盗理屈耍鬼伎，顽敌蓄谋舞棒枪。
英雄鲜血洒疆土，战友奋勇灭豺狼。

二

赴汤蹈火好儿女，抵御外敌民安康。
血染戎装汝倒下，英雄血灌镌界桩。
喀喇昆仑降大雪，洒泪苍天祭忠良。
华夏九州颂英烈，铜墙铁壁国防强。

二〇二一年二月二十二日

咏华夏超级工程

族叔三月十六日微信发来《空间站、墨脱电站、藏水入疆超级工程简况》并邀作咏赞。

超级工程振人心，泽润华夏富庶民。
科技领先雄风起，日新月异全民拼。
入疆藏水创奇迹，海底空间吾主宾。
墨脱天河串雪岭，预期三纬传佳音。

二〇二一年三月十六日

风光心曲

林海云烟洗长空，薄纱缥缈衔翠峰。
席坐草地听鸟唱，目送浪哗流向东。
人生恰似东流水，触景生情各不同。
黄昏伴随古稀到，人散曲终日无穷。

二〇二一年五月一日

颂歌献给党

——写在中国共产党建党一百周年

嘉兴红船启航程，破浪乘风向前行。
南北大江播火种，南昌井冈举旗缨。
镰刀斧头领军队，灭寇打蒋剿匪兵。
二十八年血与火，开天辟地太阳升。

二〇二一年七月一日

庆祝建党百年（六首）

一

起航红船送光明，二十八年党领兵。
南昌井冈建军队，长夜漫漫仰望星。
血雨腥风多迷雾，镰刀斧头去劈荆。
全国战场凯歌唱，血染红旗进北京。

二

领袖湘音寰宇响，江山万里国旗扬。

人民亿万站立起，兴高采烈舞东方。

山笑水笑天地昶，主人欢乐把家当。

赞歌颂扬英雄史，歌唱兴邦党领航。

三

重生换羽图发展，科教兴邦必当先。

工业农业强基础，各条战线捷报传。

钢花飞溅石油淌，八字宪法①广种田。

竞放百花神州地，五湖四海皆春天。

四

两弹一星升太空，威如海内震天公。

七星北斗挂村寨，秋月平湖锁巨龙。

天堑险峰变大道，铁公机②线四海通。

人民巧手织锦绣，奋斗精神在心中。

五

春曲追梦今犹唱，巨变沧桑忆当年。

发展改革促开放，外资引进敢争先。

多元经济涌市场，南海画圈机遇前。

对外开放滚热浪，中华跻身世林间。

六

礼赞辉煌庆华诞，金山银山舞翩跹。

江山永固人欢畅，岁月峥嵘伟业传。

指点江山铺富路，政通人和著鸿篇。

初心不忘月追梦，复兴凯歌响彻天。

二〇二一年七月一日

注释：①八字宪法，农业种植方针，指：土、肥、水、种、密、保、管、工。
②铁公机：指铁路、公路、机场。

满江红·颂建党百年

建党百年，今喜庆，乾坤朗朗。
红七月，大江南北，颂歌欢唱。
奔放人民满心喜，如潮人海旗翻浪。
好幸福，华夏放光明，恩难忘。

望志路，成立党；播火种，为信仰。
求索漫漫路，苦辛开创。
武装割据建政权，抗日反蒋求解放。
换人间，红日徐徐升，和风畅。

二〇二一年七月一日

历史不忘哈达铺（五首）

义和昌室研地图

智取强攻腊子口，白龙江水被征服。
顽敌星夜弃堡跑，利刃直指哈达铺。
绝处逢生须休整，义和昌室研地图。
审时度势去陕北，北上转折迈阔步。

神兵天降哈达铺

哈达铺镇响号声，菽稷翻浪天放晴。
巷尾街头竖旗帜，红星闪闪练冲锋。
穷人切盼砸锁链，世代盼来大救星。
建政扩红播星火，挥师北上旗高擎。

建政扩红筹粮款

哈达铺镇加油站①，筹款筹粮近八天。

物资如山人似海，红军百姓笑开颜。
乡村建立苏维埃，仓库打开分粮钱。
反霸减租烧地契，筹粮民众抢在先。

妻子叮嘱打胜仗

欢天喜地把歌唱，上万红军大换装。
巨手目光向陕北，旌旗猎猎鼓角亮。
双亲送儿当兵去，三代通宵话家常。
夹道亲人争相送，妻儿叮嘱打胜仗。

红船启航加油站

北上身影枣园灯，城楼湘音震寰球。
开天辟地承赓续，斗转星移岁月稠。
喜庆百年赞颂党，党旗艳艳染九州。
追踪溯源红船启，北上哈达掉航头。

二○二一年八月八日

注释：①红船启航加油站，党从1921年红船启航到1949年湘音震寰球，历经了28年奋斗史。1935年9月18日中央红军到达哈达铺，正好走过了28年奋斗史的一半，从此党和红军真正跳出了敌人围追堵截、被动挨打的局面。实现了从胜利走向辉煌。因此，哈达铺不仅是长征路上的加油站，更是红船启航掉转航向的加油站。

祭刘老尚文先生①

茫茫林海米仓碧，秋雨绵绵云烟迷。
遥忆当年少雨水，原由干旱林草稀。
刘公为此去努力，绿染米仓定有期。
半个世纪追夙愿，林间溪水把汝思。

注释：①刘尚文（1935—2021），全国造林模范。

忠魂回米仓

——为刘老（尚文）骨灰一半撒在米仓山拙笔

事业功德写米仓，造林植树摆战场。
持之以恒六十载，迎送寒暑染山冈。
栽树育苗重科技，灌乔药草富山乡。
千家万户念刘老，忠魂伴树参天长。

二〇二一年九月十九日

采桑子·秋悟

——拜读何老《采桑子·秋凉》

秋天大地风光好，五谷登场。
颗粒归仓，转眼欢嘻送灶王。

吾也皆盼秋收获！暴雨连降①。
事事断肠，辜负汝栽空悲伤。

二〇二一年九月二十八日

注释：①暴雨连降，即吾妻亡，子幼，父病母故，吾恰四十出头。

附何老原词：

采桑子·秋凉

秋光晚照何惆怅，独自思量。
渐觉天凉，老病缠身亦感伤。

月圆月缺人皆望，此事难长。
未必愁肠，笑对人生度夕阳。

二〇二一年九月二十八日

陪妻王瑞玉上兰州就诊治病记

2021年10月17日至12月3日陪妻子上兰州省人民医院就诊，手术、出院、复查，在兰租住万国港楼公寓50天。将出门求医、思乡，焦虑忧伤，担心，多愁的多种复杂心情记以小诗小词。

梦中慈母

寒食祭节快临近，愚儿夜半见娘亲。
风中慈母低声语，奔走唤儿无声喑。
辛丑祭日儿在外，预期难能跪祭您。
汝儿有愧心疼痛，梦里惊醒泪湿巾。

二〇二一年十月二十日于兰州

清平乐·愁

绵绵秋雨，阵阵阴云布。
病妻榻侧缺民①，难听疼痛呻吟。

问道求医去寻路，术后恰逢拥堵。
焦虑徘徊烦躁，冷风细雨添愁。

二〇二一年十月二十三日

注释：①作者乳名：民民。

清平乐·盼

今天霜降，大地变模样。
在外人儿冷心上，盼望暖风天朗。

太阳破雾穿行，光弥宇宙天晴。
笑看雪冰化水，春光心曲低吟。

求无恙
——翻阅周琴拍摄陇南纪念园秋景随笔

秋风秋雨叶催黄，满眼霜叶沐煦阳；
风景虽好瞬间过，只因秋末吾愁肠。
山重水复再寻路，园内风光难分享；
一日三餐笨脚手，肉蔬奶蛋调营养。

二〇二一年十月二十九日

心安
——接小妹电话随笔

术后吾妻转房间，愁云暂去渐心安；
输引液管全除去，如释重负行蹒跚。
病榻侧旁慢运动，体能恢复再扬帆。
顶天立地驱鬼魅，送走寒冬盼春天。

二〇二一年十月二十九日

梦中父母

可怜天下父母心，吾在梦中腿难伸。
严父低声再教导，屈伸双腿要练勤。
娘亲噙泪站一旁，反复叮咛巧用劲。
不断练习终立起，愁云顿散撒腿奔。

二〇二一年十月三十一日

答爱女
——星星借李清照《鹧鸪天》词

寒露季节吾锁房，为妻问道夜披霜。
深秋奔走吾心苦，唯有女儿疗父伤。

秋快尽，夜更长。莫言灾祸来无常。
祸福同根伴永久，国策神医除病秧。

附李清照之词：

鹧鸪天·寒日萧萧上琐窗

寒日萧萧上琐窗，梧桐应恨夜来霜。
酒阑更喜团茶苦，梦断偏宜瑞脑香。

秋已尽，日犹长。仲宣怀远更凄凉。
不如随分尊前醉，莫负东篱菊蕊黄。

松入风·答女儿星星

病人出院需租房，租在万国港①。
房屋虽小功能全，有地暖，东面向阳。
早晚闲时锻炼，离武月余望乡。

煦阳秋雨映霞光，山川换衣裳。
桐红菊黄隔窗望，秋已凉，目视西方。
黄河之水悠长，孤影倚窗听浪。

注释： ①在陪妻住院出院，复查的2021年10月18日至12月4日先后租住在兰州万国港E楼2688室。

附爱女星星原词：

松入风

秋风秋雨催肝肠，何处谴离伤？
庭轩寂寥影婆娑，月露冷，梧叶飘黄。
念念高堂华发，去去几时归乡？

澄江如练透寒光，峰峦如波浪。
愁绪独倚阑杆上，黯相望，立尽斜阳。
断鸿声声惆怅，远信来时思量。

鹧鸪天·渴望妻子王瑞玉术后早痊愈

今日立冬天转凉，林煌来电问冬装。
恐忧兄嫂衣不暖，对话祝嫂早回乡。

白昼短，夜更长。不时惊醒续忧伤。
盼妻出院步履健，病体痊愈体质强。

二〇二一年十一月七日

晨望日出

光芒万丈升东方，广厦楼宇披霞光。
逍谴倚栏又西眺，雪峰万仞连城邦。
静听浊浪排空吼，咆哮黄河奔海洋。
壮美河山难游览，只因吾妻养病伤。

乡村观花灯

——拜读何老《壬寅元宵黄河滨有望》受启

壬寅瑞雪兆丰年，元宵佳节月儿圆。
狮舞龙腾花灯亮，船姑荡桨歌声甜。
春潮涌动民起步，捧月追星史空前。
振兴农桑固根本，端牢饭碗天下安。

二〇二二年新正十五日于石门

附何老原诗：

壬寅元宵黄河滨有望

上元灯火旺，河畔沐春光。
情动歌诗舞，意飞波浪扬。
同吟青玉案，共赏雪梅香①。
欲醉频回望，月明思故乡。

二〇二二年二月十五日于兰州黄河之滨

注释： ①青玉案、雪梅香，皆为词牌名。

重农·癸卯雨水即事

稼穑为民永天长，国民重又重农桑。
丝丝春雨润沃土，播种薯菽抢地墒。
原野山川泛绿色，新芽转眼染山冈。
耕耘管护历春夏，五谷丰登秋满仓。

河西春日（三首）

——拜读何老《春过乌鞘岭》受启

一

春日山河好，心喜意气高。
乘车触景色，西域涌春潮。
白雪接地气，祁连冰雪消。
互联通水网，雪水润禾苗。

二

西域春雷早，浅山冰雪消。
麦苗正茁壮，牧草风吹高。
阡陌林网化，固沙有绝招。
防风著效果，大地更丰饶。

三

武威二月春风寒，柳树新芽未露尖。
雨雪随风从天降，暮寒晨冷添衣衫。
湿滑道路重脚下，云淡天高白雪绵。
此去西出满收获，归来妙笔著诗篇。

二〇二二年三月六日

附何老原诗：

春过乌鞘岭

春过乌鞘岭，西行向武威。
风高连雪域，水远带春晖。
草浅牧歌起，深山征雁归。
天长人几度，极目见生机。

二〇二二年三月四日

拜读何老《凉州逢友畅饮有记》受启

美酒逢故友，贪觥情理中。
龙吟酒歌起，虎啸神飞弘。
追忆陇南事，为民把身躬。
鬓白西域走，万里吐春荣。

二〇二二年三月八日

附何老原诗：

凉州逢友畅饮有记

醉酒凉州馆，相逢故友心。
那堪垂老鬓，更起昔年音。
万里黄沙远，三关古塞深。
虎威犹未尽，笑对白头吟。

谨呈请正！

二〇二二年三月七日

宏图伟业（二首）

一

藏水入疆已定论，天河穿越甘青新。
千秋伟业今启动，福造九州富万民。
水利工程创奇迹，中国惊动天地神。
雄心壮志大手臂，世界工程当今殊。

二

藏水入疆千秋业，国家战略展宏图。
银河飘动数千里，泽润旱区造民福。
玉液播撒到西北，沙漠戈壁造河湖。
稻菽翻浪科技上，盖世功勋展宏图。

二〇二二年三月二十日

春天地膜覆盖玉米放苗

今晨拜读了何老的新作《春耕》，让我联想到了三十五年前即一九八七年跟随去当时的武都县黄坪乡检查春季玉米地膜覆盖时，农民欢喜破膜放苗的劳动场景，拙句恳盼指教！

地膜玉米垄成行，条块相连接峁梁。
柳绿桃红正三月，破膜壅土间苗秧。
妇孺老少皆忙碌，培土施肥查地墒。
手动蹲躬汗珠滚，日斜席地吃干粮。

二〇二二年四月一日

附何老原诗：

春耕

布谷声声催种急，农家早起踏尘埃；
辛苦尽付耕耘里，换取秋风硕果来。

二〇二二年四月一日

拜读何老调研甘肃
中药材基地歌吟受启

一

恩师访故地，正在季春天。
薄雾润原野，翠峰飘紫烟。
欣欣慢步走，药场浮眼前。
百草逢春长，清泉响山涧。

二

目不暇接看，天麻露芽尖。
茱萸叶藏果，杜仲嫩叶圆。
重楼正点种，五夹果穗串。
万山织锦绣，百草佑人间。

三

恩师药场夜留宿，晓月薄纱舞轻风。
晨起阳光携雨露，调研草药缓步行。
沟溪林下生百草，沐浴阳光催年丰。
仙境神奇藏百宝，摘花品果看块茎。

附何老原诗：

初访省医药集团五马中药材基地

莫道路遥远，山深别有天。
百花崖上看，千药草中旋。
杜仲皮缠树，黄连苦后甜。
桃源何所望，博览寄来年。

夜宿中药材基地，晨观本草园有记

今生堪有幸，重到故园游。
夜宿山声静，晨闻鸟语稠。
水清生杜仲，林密复重楼①。
本草名胜地，欲归回首留。

注释： ①杜仲、重楼，皆中草药名。

阮郎归·武都城郊大堡二军夏收

麦黄镰舞哪等闲，披星加早班。
运输脱粒整三天，收获粮四千①。

汗水淌，内心甜，仓中粮冒尖。
辛苦耕耘享饱餐，农安天下安。

二〇二二年农历四月二十八

注释： ①四千，指四千斤。

鹧鸪天·忆岁月

拜读了何老《壬寅端阳逢雨》作品后，勾起了我对三十五年前两水逢端阳，他给家父馈赠的"两水逢端阳，林公情谊长。举杯敬雄黄，游子怀楚湘"墨宝条幅，使我思绪万千，追忆连绵，添一首《鹧鸪天·忆岁月》！

今又端阳艾草芳，恩师墨宝仍飘香。
戊寅馈赠焉能忘，赠父条幅寓意长。

家父逝，赠言藏，光阴似箭不寻常。

171

分明两代情谊盛，追忆当年敬雄黄。

二〇二二年六月

附何老原诗：

壬寅端阳逢雨

今又过端阳，雨丝连日长。
粽包传古意，艾草泛清香。
湘水凭天问，龙舟荡国殇。
缅怀忠节在，把酒醉雄黄。

二〇二二年六月三日

盼雨

何老的《末伏夜雨喜临金城》已拜读收藏，并受启示写了两句。

赤日炎炎四十天，翻滚热浪禾苗干；
万民祈雨应灵验，昨夜甘霖润河山。

二〇二二年八月十九日

附何老原诗：

末伏夜雨喜临金城

昨夜秋风起，凌晨好雨来。
清新消暑气，翠滴洗尘埃。
浪急黄河涌，云沉白塔嵬。
甘霖滋润处，万户笑颜开。

二〇二二年八月十八日

再盼甘霖喜降

夜雨晓停天放晴，彤彤红日径天行；
气温正午飚升起，燥热青蛙自争鸣。
稻穗扬花正灌浆，农夫期盼好收成；
高温热浪拔水草，眼望甘霖稻谷丰。

清平乐·采撷五味子①

初秋尽览，看五味串串。
雨露滋润红艳艳，百姓采撷卖现。

秋阳正午还毒，满藤穗果采除。
鲜果背篼冒出，夕阳涂染山丘。

二〇二二年八月二十日

注释： ①五味子，中草药，藤类植物。具有酸甜苦涩麻味。八月成熟，穗果鲜红色。

鹧鸪天·普天同庆华诞

又是一年菊蕊黄，风吹丹桂送馨香。
开心喜气庆华诞，福祉人民享天长。

旗帜艳，夜空明，普天同庆放眼量。
中华儿女最豪迈，破浪乘风又起航。

二〇二二年十月一日

满江红·喜庆华诞

欢庆十一，华灯亮，红旗招展。
人欢唱，稻菽翻浪，九州尽染。
万盏彩灯照大地，亿樽酒满庆华诞。
菊正黄，丹桂香，煦阳暖。

湘音响，国大典，屹立起，金光灿。
开国七秩过，锦绣无限。
继往开来迈阔步，繁荣昌盛同心干。
党领航，福祉永天长，人民赞。

二○二二年十月一日

二十大盛况感言（六首）

国安砥柱

回首国安瞩远景，人民乐业绘彩图。
边疆牢固坚似铁，铁壁铜墙世界殊。
防御进攻全天候，导航北斗太空铺。
全新兵种显威慑，亮子激光唯吾独。

国之重器

核导航母国重器，强军守土做保障。
神器利剑焉怕鬼？屹立世林地位强。
捍卫江山旗帜树，彤彤鲜艳升东方。
人民战士守国土，兵器铮铮闪寒光。

大国担当

"一带一路"谋福祉，助帮欧亚永担当。

高速高铁达四海，航运航空穿大洋。
走出国门作贡献，儿女异国解祸殃。
稻语花香世界撒，隆平科技惠友邦。

安居乐业

山水同治绣金山，沙河湖海皆银川。
青山绿水连天界，南北画图绘家园。
城市乡村高楼立，公园广场气不凡。
自由游玩享快乐，空气清新天蓝蓝

再创佳绩

脱贫致富达小康，亿万人民喜气扬。
上举握拳再宣誓，初心不忘忠于党。
振纲肃纪扬正气，兴党治国国运昌。
接力长征创佳绩，赓续传承著华章。

巨轮起航

庄严宣布向富强，百业安全兴农桑。
长治久安国好运，人民安乐万年长。
国安汇聚力量大，复兴巨轮又起航。
破浪乘风再追梦，大江南北吐芬芳。

二〇二二年十月二十日

晨临江远瞭近观

浅山阔叶红彤彤，洹水清莹行色匆。
白鹭水滨起歌舞，朱鹮展翅飞向东。
陇南气候天作美，翠柳初冬沐雨中。
嘉树橘灯绣景色，日出紫气飘长空。

二〇二二年十一月十八日

神舟十号发射（二首）

一

雪峰红日生云烟，发射神十择良辰。
点火恰逢交日入①，腾飞喷火寻天根。

二

祁连雪岭摩苍穹，西域酒泉暖融融。
遥望神舟腾霄九，翱翔神往太空中。
嫦娥惊喜舒广袖，惊问何物到天宫？
捧酒吴刚笑颜曰，中华儿女游太空。

二〇二二年十一月二十五日

注释：①神舟十号发射点火时间为 2013 年 6 月 11 日 17 时 38 分，干支纪
时为日入。

两组六英会天宫
——拜读何老《遥望神舟十四、十五航天员首次胜利会师天宫》感言

飞船十五欲升空，点火子初向天冲。
在轨飞行又交会，六英两组住天宫。
探寻宇宙我做主，成果夺冠摘殊荣。
揭秘昊天独树帜，造福人类谋大同。

二〇二二年十一月三十日

附何老原诗：

遥望神舟十四、十五航天员首次胜利会师天宫

遥夜望星空，六英逢昊宫。

手牵求探索，泪涌庆成功。
共逐神州梦，同开泰宇穹。
奋飞凭国力，飘逸见征鸿。

二〇二二年十一月三十日

收视神舟十四号宇航员
返回地面出舱感言

神舟儿女太空游，高傲自由俯寰球。
入住天宫六个月，问天三季①硕果收。
完成任务显国力，入定返回大神州。
仰望星辰眨眼送，科研成果堪一流。

二〇二二年十二月四日晚

注释：①三季，即从 2022 年 6 月 5 日 10 时 44 分点火升空至 2022 年 12 月 4 日 20 时 8 分，航天员历经了夏秋冬三季，为期 183 天的太空生活。

人民期盼神舟十四号飞船航天员
凯旋

儿女驾舟探奥秘，嫦娥招手九霄中。
道问来访贵何事？答复上天建奇功。
行走出舱显科技，太空交钥好光荣。
苍穹回返星灿烂，极目人民望夜空。

二〇二二年十二月五日

和张兄《飞天》

明初万户①欲登天，儿女今夕追梦圆。
在轨六人又合影，天宫交钥哪等闲。
精英回返显科技，留站三人搞科研。
癸卯②下凡捧硕果，太空探秘独领先。

二〇二二年十二月五日

注释：①万户，明朝初年人，被世界称为航天第一人。
②癸卯，即2023年。

再和张兄《飞天》

古有孔明灯莹天，今朝儿女巡宇寰。
豪杰固有凌云志，在轨翱翔逾半年。
捧酒吴刚金樽举，出舱挥手示祥安。
心驰独往日万里，指令发出凯旋还。

二〇二二年十二月六日

难忘岁月（三首）

壬寅年冬月过境西支、裕河、五马等乡触景生情，突然追忆起三十五年前发动组织群众兴修乡村公路，发展下山区特色产业的往事。

一

小雪来临天转寒，公仆涉水跋西山。
到村询访贫困户，百姓无拘诉困难。
媪叟发言说致富，理清项目算花钱。

优中选项做规划，群众心安熟睡酣。

二

书记午时开会讲，林缘群众要脱贫，
乡村公路先上马，鼓劲抱团一条心。
公路明冬必通户，下川入陕便万民。
林区酸土生百宝，菌药果茶换白银。

三

杜仲茯苓抢栽种，明春户户广种茶。
做强菌业点橡籽，特产种粮两手抓①。
斗转星移换世纪，人无我有产品佳。
回眸山野遍地宝，致富人民焉忘他。

二〇二二年十二月八日

注释：①两手抓：指一手抓粮食生产，一手抓高山茶园建设，食用菌和特色中药材商品生产。

和慈航《初游净土寺》（三首）

一

松涛云海佛音妙，瀑布溪流寻廊桥。
世外境天僧独享，秋冬春夏任逍遥。

二

轻云微雨洗斋心，日落晨曦自修身。
子夜拂晓练武术，打禅静坐自通神。

三

送走夕阳迎日出，朝朝暮暮着僧服。
虔城守信究天道，省悟诵经祈洪福。

附慈航原诗：

初游净土寺

暮云归去掩翠峨，山水交融景娑婆。
难怪僧家观自在，远离尘土净如荷。

请老兄不吝指正

和慈航《祁山怀古》（三首）

一

太华分岳造祁山，突兀逶迤达陕川。
汉水滔滔追往事，羲皇始祖此耕田。
女娲练彩补天漏，狩猎农耕兴汉源。
秫黍无垠民纯朴，天仙眼热降人间。

二

牛郎耕种汉水边，织女育婴勤纺棉。
天子四方好风水，固邦兴邑伐东南。
励精图治蓄势力，横扫六国争霸权。
华夏山河大一统，祁山大堡功名传。

三

斗转星移到三国，祁山依旧锁昆仑。
刀光剑影马蹄脆，营帐依山驻军屯。
鼓角争鸣重开战，忠君守土遍英魂。
蜀国逞强能鼎立，垂史祁山有功勋。

二〇二二年十二月十日

附慈航原诗：

祁山怀古

平川突兀一山雄，一夫当关万众封。
南锁巴山通蜀水，北撑秦陇揽昆仑。
萧萧伐魏战歌泣，浩浩屯兵木门匆。
且喜祁山名垂宇，今朝古道更葱茏。

二〇一五年秋作，请兄不吝斧正

滨江夜望

万盏华灯出江水，千栋楼宇洗新颜。
彩虹南北飞云路，玉带东西串星天。

二〇二二年十二月六日

第六章

心中爱孙

天资聪慧
——傍晚散步回家爱孙礼让奶瓶记

孙女抱瓶喝奶粉，吾妻逗哄唱声声。

突听脚步门外响，牙牙学语顿时停。

激动闻声蹒跚走，爱孙周岁举奶瓶。

童心示意爷喝水，女儿女婿大震惊。

二〇一二年三月

童真
——春节过后用童车推不满三岁的孙女去武都湿地公园①

车推孙女到公园，童心伴我去游玩。

奇树名花抖身份②，新芽翠叶花朵繁。

雨阳跳指小标牌，稚气奶声叫玉兰。

月季樱花夺目过，悠悠自得吾坦然。

注释：①湿地公园，在武都区东江新区白龙江畔，沿江而建。

②身份：为花草树木所系的身份标牌。

领孙女游园

风和日丽江水蓝，朵朵白云挂天边

我领雨阳去花圃，名花奇树品种繁

雨阳孙女指花朵，询问红花绿叶鲜。

告诉花名即认字，游玩识字笑童颜。

二〇一三年四月

童心

雨阳来到二一一①，自找舒心先唱歌。

写字画图垒城堡，座椅排队当火车。

兰渝铁路多隧道，专列不时跨山河。

乘务司机一肩挑，开心欢乐喊口渴。

二〇一五年六月一日

注释：①二一一，单元门牌号。

为爱孙雨阳六一儿童节加入
中国少年先锋队队员暨一年级期
中考试荣获全级第一名记

六一佩戴红领巾，双百考分报喜捷。
聪慧好学再努力，开心欢度儿童节。

为在公园过六一国际儿童节
的少年随笔

万木葱茏初夏明，童声整队授领巾。
高扬旗帜童音亮，长大接班表决心。

二〇一八年六月一月

谢孙女
——孙女雨阳给爷爷赠自创《秋图》画有感

满眼稻菽金浪翻，柑橘苹果染江天。
微雨煦阳沐秋色，爷想爱孙看画卷。

孙女回家

谢雨阳赠书唐胡令能《小儿垂钓》、宋王安石《梅花》两首诗歌。

一

稚气童声叫爷爷，闻声疾步去迎接。
开言汇报语数外，携手交谈倍亲切。

二

唐宋佳作书白纸，柳骨颜风好笔迹。
爱孙七岁有志向，瞄准书山心神怡。
长进新学吐心声，过节探看赠画诗。
爷爷兴奋连夸赞，孙女雨阳有出息。

三

书山有路勤为径，更上层楼定争鸣。
爷与慢疾决胜否，欣闻佳绩侧耳听。

二〇一八年元月

孙女送礼物

室内突然响门铃，雨阳孙女送亲情。
红茶牛奶干鲜果，手套围巾随身听。

仲秋赏月

孙女又端红苹果，石榴月饼上圆桌。
谈笑风生话明月，三代舒心好欢乐。
孙女仰遥月宫树，开言嫦娥好超脱。
星星爱女唱和到，月桂树旁跳蟾蜍。
奶奶颜开爷夸赞，活学活用笑声多。

二〇一九年中秋

舒心（二首）

一

端午雨阳送粽香，人未来到童音扬。
爷爷闻声开门去，孙女洋洋夸礼当。
望外喜出迎孙女，进门乘兴吟端阳。
相别数月今相见，亲亲融融话家常。

二

爷爷反复吟《端阳》，九岁年方好文章。
庚子端阳添喜气，吟诗作画送吉祥。
清贫陋室其乐乐，女婿又邀品茗汤。
日暮已西正仲夏，夕阳美景夏日长。

二〇二〇年端阳

陪孙女去东江湿地公园游记

一

小麦开镰山杏黄，青青岸柳江河长。
乳燕觅食黄鹂叫，捕蝶爱孙举网张。
蹑脚猫腰挪小步，蝴蝶吸蜜猝不防。
瞬间鼓翅成俘虏，轻放生灵飞花墙。

二

爷孙挽手心欢畅，白鹤悠悠飞水浜。
草木葱茏花色艳，争鸣百鸟树中藏。
棕榈伞下孩童耍，稚气童音唱调扬。
孙女闻声飞奔去，吾歇避热去长廊。

心中爱孙

为孙女在五年级期中语文、数学、外语、科学四科考试获得397分，以记勉励。

同学戏称小学霸，期中考试级第一。
数外科学得分满。语文百分九十七。
聪明勤勉好学业，学海遨游再搏击。
破浪乘风到彼岸，佳音悦耳定有期。

二〇二〇年六月一日

观爱孙粘网捕蝶

脚步轻轻靠近，网张举杆待擒。
蝴蝶难逃粘网，身翼拼命挣分。
捕逮彩蝶无损，小心翼翼分身。
捉蝶破网绝技，翼彩翅全喜人。

二〇二〇年七月

结束语

驻守雪域高原的珍藏与回忆

林　阔

亲爱的、尊敬的各位老战友：

向你们问好！

首先感谢诸位老战友对我的信任！让我作这次庆祝"八一"建军节的主旨回忆和赞颂。

我回忆赞颂的题目是：风雨人生五十年，"八一"手足紧相连，三江源上饮战马，解甲归田梦萦牵。

"八一"是中国人民解放军的建军节，壬寅八月一日是我们同庆中国人民解放军建军95周年，也是我们迈步踏入军营至复员连续过的第50个建军节。

今天，曾驻守玉树三江源的老兵从武都的东西南北风尘仆仆汇聚到依山傍水、风景如画的陇南市委党校集会，欢庆我们自己的节日！我们每一位战友由衷高兴，高兴的是我们老战友能相互见面、合影照相，把酒言欢，佩戴领章帽徽，穿65式军装，整理军容风纪，熟练军姿；重温立正稍息、"上——马上！"马头接马尾，正步走！动作口令，呼喊一二一、一二三四！番号；展示高原骑兵英姿风采；回忆雪山草原，交流切磋，收获满满、幸福满满，老而荣光、老而健康；合唱《骑兵进行曲》《打靶归来》《没有共产党就没有新中国》等红色歌曲。

时光荏苒，50年悠悠岁月，仿佛昨天。忆当兵，忆在部队过第一个"八一"建军节，是人生之序曲，人生之转折。我们这些百里挑一、千里挑一的青年，在1972年12月8日共同实现了人生之转折，那热闹的场景气氛迄今难忘：那年人民公社武装部和大队将入伍通知书送到家中，紧接着乡亲们为我们穿上草绿色军装、佩戴大红花，燃放鞭炮，一人参军、全家光荣的口号和锣鼓喧天声为我们参军送行，我们这些十七八岁腼腆的少年和二十岁左右的小伙以无比的喜悦、莫大的光荣激动抹泪，依依不舍地告别了父母、爷爷、奶奶、弟妹和众乡亲乡邻，踏上了从军征途！

从军那年，正是新中国各行各业飞速发展的火红年代，我们合着时代音符踏着奋进鼓点，怀揣着保卫祖国、保卫家园的初心，去驻守雪域高原。

从武都出发乘坐解放牌卡车途经宕昌、岷县、陇西，在陇西转乘火车，到青海省西宁市，后又改乘卡车，车上仍是帆布车篷为我们遮挡青藏高原凛冽的寒风和鹅毛大雪，我们先后翻越了日月山，途经倒淌河、海南、温泉、黄河源，攀上了海拔5000多米的巴颜喀喇山山口，穿越可可西里山腰，下到清水河，过了通天河，到达银装素裹的玉树，后又乘一天车程驻守玉树的曲玛莱、称多、治多、扎多、囊谦县城和温泉、黄河源、清水河、结古兵站，分别编制到骑兵一支队、二支队、果洛骑兵团、分区独立连、司令部司政后。

翻过日月山，我们第一次看到了镶嵌在雪域高原像天一样蔚蓝的青海湖，在茫茫雪原的映衬下更像蓝色的宝石，车过卡卜卡，我们又第一次看到了一座高似一座、一川大似一川、天地相连的雪山、雪原，领略了千里冰封、万里雪飘的北国风光和其磅礴气势。紧接着零星的村庄、农舍、树木随着汽车行进全部消失，农耕的气息让寒冷、雪原贴上了封条，取而代之的是牧民星星点点的帐篷和撒在千里雪原上蠕动的牛羊、骏马。从温泉兵站到黄河源兵站一天的行进中，牧民的炊烟和犬吠声更是稀少，不时映入视线的是成群的黄羊、野马、野牛、獐子，偶尔也有鹿群、羚羊与军车赛跑，在欢快的气氛和大开眼界的景色中，我们看到了黄河源兵站，这是玛多县城驻地，除解放军的兵站有土木砖木结构整齐的仓库、营房外，县城以几栋土矮房和几十顶牧民帐篷为主。由于连续五天的长途坐车、两天的高寒缺氧，太阳落山下车时，我们脚腿僵直、关节发肿，胸闷头晕眼花，走路东倒西歪，战友们在接兵班排长指导下互相搀扶到餐厅，喝了稀饭、吃了馒头、服了维生素之类和携氧药片，又迈着艰难脚步到提前安排好的房间就寝，宽敞的房子只搭着上下高架床，可住十人左右，好像时间长了无人住，门窗紧闭，也无人打扫，显得阴冷，房间只生着一个小铁炉子，炉火并不热和，在海拔4300多百米的地方显得异常寒冷，因嘴唇发白干裂、心悸头昏，只听到高原夜晚的风一会儿"呜！呜！"，一会儿"嗖！嗖！"地刮着，吹起的石头和雪团打得门窗啪啪作响，风的叫声像狼嚎一样可怕，战友们没有精力再顾忌什么，乘着头晕想歇歇的想法合身一头躺在冰凉的床上迷迷糊糊地睡着了。

翌日，我们在哨声的督促下，背上两竖压三横的背包，挎上黄挎包离开了黄河源兵站，早上红彤彤的太阳从雪地里冒出，照耀着三江源头的可可西里山、巴颜喀喇山的万山雪峰，使大大小小的无数座雪山披上了万丈霞光，使雪山显得分外妖娆；太阳照耀着偌大的扎陵湖、鄂陵湖，两大湖泊在雪原雪山拱围下更是冰肌玉肤，发着冰冷的光，给人以寒彻之冷。看了一会儿天连地、地连天、白云很低的雪山、雪原、雪景之后只觉得白雪非常刺眼，刺得眼睛酸痛流泪。在第二次哨声督促下，我们扒上了解放牌带篷布的卡车。尽管我们穿着衬衣、长衬裤，绒衣、绒裤，棉衣、棉裤、套着罩衣、罩裤，还穿着皮大衣，头上戴着皮帽子，脚上穿着纯棉白布做的宽敞加厚布袜，翻毛皮鞋垫着纯羊毛鞋垫，手上戴着加厚带毛的羊皮手套，也抵挡不住雪域高原冬季的寒冷，冻得直打哆嗦、脚手麻木，呼出的气在眉毛、帽檐周围结成了厚厚的冰霜。从黄河源向巴颜喀喇山行进途中，海拔逐渐升高，气温逐渐下降，天气也由晴转阴，快到野牛沟时，顿时狂风大作，天空纷纷扬扬的雪片和地上被大风刮起的雪团、雪珍搅得天地混沌，富有雪原行车经验的司机重蹈着过往车辆轮胎痕迹，谨慎驾驶。坐在车上的战友们冻得牙齿打战，靠口腔呼出的热气暖手。战友们为了战胜寒冷，在车厢板上，将背包排成四行纵队，面对面紧紧挤坐在背包上，互相将脚伸入对方腋下，手伸入自己胸口，驱冷防寒，吸氧时，我们用不到长城非好汉的理想和一腔热血激励自己，战胜严寒、战胜缺氧。为了安全到达军营，我们一些战友把大口大口吸氧，变为适量节约吸氧。在天路上，经过五天的连续乘车，于1972年12月28日，我们到达了各自的军营驻地，开始了全新的军旅生活。

在雪域高原，我们头上的红星和红旗始终与金色的太阳一同升起，红星、红旗伴随着军旗与日月同辉，照耀着雪域高原，给天籁之音的康巴语故乡传播着文明，宣传着共产党的政策，创造着藏区军爱民、民拥军、军民团结如一人，试看天下谁能敌的典范，为牧区经济发展、社会稳定、民族团结做出了无愧于时代的贡献，但与惊天地、泣鬼神的英雄相比，我们默默无闻，微不足道，但我们骄傲自豪地说：我们把最美好的韶华贡献在了雪域高原，实现了中央军委赋予我们的两大战略任务，即"对内防复辟，对外反侵略"。实现了藏族地区的安宁和发展。由于三江源战略地位重要、自然环境恶劣、生活条件艰苦，党中央、中央军委对三江源驻军在生活上尤为关心重视，特批后勤保障供应清单：黄岩蜜橘、库尔勒梨、烟台苹果、山东大葱、小站大米、富强粉。我们就是靠精神食粮、特供的物质食粮，秣马厉兵，枕戈待旦，践行着"提高警惕，保卫祖国"的神圣使命。

在世界屋脊经受住了高寒缺氧，经受住了严酷的军事训练，在风霜雪雨和冰川冻土中，我们练就了玉树骑兵特有的"可上九天揽月，可下五洋捉鳖"的军魂虎胆。我在1972年12月28日和1973年1月6日、1977年12月8日的日记中写道：参加新兵军事训练第一天军营晚点名：

> 弯弯月儿照军营，战友立正晚点名。
> 连长讲评鼓士气，置身雪域写豪情。
> 熄灯号响即命笔，立志军营献毕生。
> 暑往寒来学军事，谁敢挑战吾请缨。

另一首是：

> 黎明时刻军号亮，晨起集合军歌扬。
> 全副武装列纵队，人人笔挺筑铜墙。
> 持枪刺杀杀声喊，双臂爆发紧握枪。
> 凛凛威风闪雪刃，神防突刺气轩昂。

军人情怀是：

> 三江源上洗戎装，可可西里磨刀枪；
> 日月星辰擦肩过，高原雪域吾站岗。
> 霞光初照牵战马，跃马策鞭钢刀扬；
> 春去秋来练本领，英雄虎胆灭豺狼。

我刚才歌吟的是当年战友们的豪迈风采，让我们共同分享！

这是将我们的情怀和精神有所升华，然而在军营里开展的思想政治工作和近似实战的野营拉练、军事训练恍如昨天：在军营里为了传承赓续永远是个战斗队的红色基因，玉树不同驻地的部队每到八一、十一、元旦、春节、新兵入伍都要聆听师团首长讲红军、八路军、新四军，解放战争、抗美援朝和青藏川康甘五省平叛剿匪历史军史和战役、战例、战斗、人物故事，八一、春节把祭奠缅怀烈士陵园英烈作为思想政治工作的必修课，以在玉树驻军和支援玉树部队从1958年4月至1962年3月，历经大小战斗三千余次的平叛剿匪中，牺牲的近五千名英烈的英雄事迹为教材，开展鲜活生动的革命英雄主义精神教育。军事训练中我们争强好胜，互不言败军人血性外。在部队这所大熔炉里还学会了各种生活技能和前沿技术。扫除了文盲,实现了能自己写家信,读书看报,记日记,这就是军队的伟大,军人好学聪明。在大熔炉里更是锻造了我们能吃苦,乐于吃苦精神。五一过后,三江源仍是白雪皑皑,只有向阳的河滩、山坡、浅谷冰雪开始融化,百草还未萌生,我和战友们脱去棉裤,穿上绒裤、套上罩裤,穿着棉衣、牵上军马、肩扛步犁,踩着刚刚解冻的泥土去犁地、种马草——青稞,从小满播种到白露,青稞总共生长110天左右,在立秋、处暑时生长最旺盛,秆、茎、叶、穗随风荡漾,足有半人高,但刚露穗头未到扬花灌浆,老天开始降霜雪,刈割青稞马草开始,收割拉运、阴干储藏停当后,我们又利用空余时间,趁着气温还在零下三五摄氏度时上山打柴火、挖煤,在草原上捡牛粪,捡拾宰杀牛羊后被遗弃的肠肠肚肚、头蹄,以备当年冬季、来年春夏秋班里取暖,炊事班蒸馍做饭煮肉的能源。

　　大雪封山早的年份,共和到玉树的214天路全被大雪覆盖,800多公里闪着寒光的玉带要穿越攀爬无数座雪岭冰峰,汽车无法行进。晚秋成熟的江浙柑橘、烟台苹果、库尔勒香梨;秋末成熟的青海洋芋、包心菜、萝卜;山东大葱、大白菜,这些大宗果蔬难以运进玉树时,我们只能吃压缩饼干、鸡蛋、鸡蛋粉、大肉罐头、藕粉。肉食接济不上就宰杀自己喂养的猪牛羊,有时一个月之内,一日三餐煮鸡蛋、炒鸡蛋、蒸鸡蛋,主食馒头,有时连续两个月早上清汤羊肉大饼,中午炒纯羊肉、米饭,晚上牛羊肉手抓,主食大饼、米饭。要想菜谱变点花样,非要从上年的十月等到下年的十月之后。虽则当年春夏秋季,214公路基本畅通,但时令果蔬,如:樱桃、杏子、桃子、枇杷、葡萄、菠菜、西红柿、萝卜、黄瓜等这些高水分易破易损经受不住运距长、昼夜温差大、多转运的折腾。故在一年的后勤采购清单中,不采购这些时令性很强的果蔬。而大宗果蔬均在秋后和冬季采购运输。过元旦春节时,我们的伙食大为改观,菜谱有名目繁多的新鲜菜,红彤彤的大苹果,红艳艳的蜜橘。在三江源想吃到原汁原味的烟台苹果、黄岩蜜橘可要有经验,一南一北的两地水果,在产地装汽车、转火车,青海西宁卸火车、再装上汽车,行走214天路五天,经受青藏高原寒冷空气五夜六天后,分运到玉树驻军连队,早已成了冰疙瘩,既削不了皮又剥不了瓤,也咬不下来,刀也切不开,哪能吃到嘴里?有经验的老班长打来井水,将橘子苹果倒入水中,让水没过果品,浸泡一天一夜后,果品吸收的青藏高原寒气水汽慢慢从果心逐渐退到果皮,附在果皮表面形成薄厚均匀的一层冰壳,将冰壳剥掉,苹果即可削皮品尝,橘子剥皮轻轻松松,果肉也甜甜蜜蜜。

因气候环境限制，供给玉树驻军米面、天津小站大米，富强粉。蔬菜：包心菜、大白菜、大葱、黄萝卜、白萝卜、红萝卜和洋芋。水果：苹果、梨、柑橘。果蔬共十种，供一年四季主副食搭配。蔬果单一，且全是窖藏品，人体对各种蔬果维生素的摄取只能靠口服维生素类药片补充。在驻守三江源期间，我和战友们没穿过衬衣、没脱过棉衣；没吃过樱桃、桃杏，没吃过黄瓜、西红柿、蒜薹……没洗过温水全浴澡，在河流密布的三江源没游过一次泳。这些形形色色的苦正是砥砺前行的动力。我们有苦不言苦，有苦能吃苦，苦中找乐，苦中寻甜，驻守高原。

在那个年代，军人只讲贡献，不讲索取，就连生命都交给了党，我们演绎着视金钱如粪土的昨天，每月拿着几元人民币的津贴（主要用于买牙刷、牙膏、香皂、肥皂、洗衣粉，学习识字用品和邮寄家信），却承担起了保家卫国的重任，日夜驻守在雪域高原，为伟大祖国站岗放哨，退伍时按照军龄长短我们拿着不足一百元和二百元人民币的生活补贴，离开了军营，我们毫无怨言，毫无委屈，丝毫没有囊中羞涩之感，而充满着创业激情。这就是我们这一代人最无私、最闪光的奉献。

回首往事我们心潮澎湃，思绪万千，但不变的是战友情，值得魂牵梦萦的是军营，永远铭记的是：陇西、西宁、日月山、倒淌河、海南、温泉、黄河源、巴颜喀喇山、清水河、楚玛尔河、沱沱河、通天河、杂曲河、澜沧江、一支队、歇武、通天河大桥、二支队、玉树、结古、扎西科、曲玛莱、治多、杂多、称多、昂谦、巴塘、玛多、玛沁、甘德、达日、班玛、久治这些熟习的地名，他见证和串起我们入伍、退伍的历史，见证我们训练和野营拉练走过的路，也见证着我们一段辉煌和荣耀的里程。每当"八一"建军节来临，我们当年练兵的军号声、战马嘶鸣声、战友气吞云霄的呐喊声仍然回荡在耳旁；三江源头的雪山、冰川、草原、牛羊；帐篷、格桑花……仍然浮现在眼帘，我们站过岗、放过哨，野营拉练过的足迹随着时代的变迁可能早已消失，但仍然嵌印在我们心田。不时勾起快乐美好的念旧回忆。

从退伍那一天起，我们又经历了40多年人生的风雨历程，面对寒来暑往的人生曲折、坎坷，我们没有被困难吓倒，让贫穷所束缚，让委屈所挫败，让忧伤所吞噬，而是凭着顽强的意志、健康的身体、勤劳的双手、聪明和智慧，迎刃而解了形形色色的问题，面对复杂多变的环境，我们用百折不挠的精神取得了事业成功，实现了今天生活宽余、收获满满，这无疑得益于军魂，得益于在云端天河的淬火成钢。

第50个八一节过后，我们由花甲向古来稀爬坡过坎。如今苍颜皓首、两鬓已斑、发疏顶秃、牙齿松蠡，但我们思绪尚可、耳聪目明、精神旺盛、人格高尚、人老不服老，心态向壮年，这是千金难买的福气！喜气！

　　岁月在我们额角刻下的深深年轮和"老战友"这一特殊爱称相媲美，积淀生成了我们每个人心中亲切的称呼和伴随人生风雨的荣耀。祝老战友们八一节快乐！收获健康，收获幸福，享乐战友情，万事如意！再预祝建军100周年，即2027年，让我们带着千金难买的健康、千载难逢的百年机遇，再聚会！再大团圆！

　　谢谢大家！

二〇二二年八月一日